KB113109

안나 카레니나 I

일러두기

- 이 책은 Leo Tolstoy, 『*Anna Karenina*』(Project Gutenberg, 1998)와 프랑스어판인 traduit par Henri Mongault 『*Anna Karénine*』(Bibliothèque de la Pléiade, Gallimard, Paris, 1951)를 참고했습니다.

Анна Каренина

안나 카레니나 I

톨스토이 지음

살림

АННА КАРЕНИНА

РОМАНЪ

ГРАФА

Л. Н. ТОЛСТАГО

ВЪ ВОСЬМИ ЧАСТЯХЪ

ТОМЪ ПЕРВЫЙ

МОСКВА.
ТИПОГРАФІЯ Т. РИСЪ, У ЯУЗСКОЙ Ч., ДОМЪ МЕДЫНЦЕВОЙ.
1878.

『안나 카레니나』 초판본 표제

1878년 출간한 『안나 카레니나』 초판본의 표제. 톨스토이는 1873년부터 이 작품을 집필하기 시작했고, 1875년 잡지에 연재했다. 그는 앞서 발표했던 『전쟁과 평화』가 소설, 서사시, 연대기에 속하지 않는 창작물이라고 말하며 『안나 카레니나』를 자신의 진정한 첫 번째 소설로 평했다. 작품을 읽어보지 않은 사람도 "행복한 가정은 서로 비슷하지만 불행한 가정은 각자 자기 방식으로 불행하다"라는 첫 문장은 알 만큼, 이 도입부는 세계문학사상 가장 유명한 문장의 하나로 손꼽힌다.

「미지의 여인 Неизвестная」

러시아의 화가이자 미술 비평가인 이반 크람스코이가 1883년에 그린 작품. 크람스코이는 19세기 후반 러시아의 대표적인 미술가 모임 '이동파'를 이끌며 여러 도시에서 모든 사람을 위한 전시회를 개최한 화가다. 1873년에는 레프 톨스토이의 초상화를 그렸는데 이 과정에서 둘은 서로의 사상과 인격에 이끌리며 각별한 인연을 맺게 된다. 당시 『안나 카레니나』를 집필하던 톨스토이는 크람스코이를 모델로 한 미하일로프라는 인물을 작품 속에 등장시킨다. 한편 자신의 그림을 늘 진지하게 설명했던 크람스코이는 유독 「미지의 여인」에 관해서는 설명을 삼갔다. 후대의 미술사학자들이 톨스토이와 연결 지어 주인공 '안나 카레니나'를 모델로 한 그림이라고 해석하는 것이 가장 유력한 설로 꼽히고 있다.

Кадр из фильма „Анна Каренина".

영화 〈안나 카레니나〉

1911년 러시아에서 제작된 모리스 메트르 감독의 무성영화 〈안나 카레니나〉의 한 장면. 『안나 카레니나』를 원작으로 하는 최초의 영화로, 이후 현재에 이르기까지 20여 차례에 걸쳐 영화와 드라마로 각색되었다. 이뿐만 아니라 라디오 드라마, 발레, 오페라, 뮤지컬 등 각종 분야에서 수많은 작품으로 재탄생되었다.

제3부

복수는 나의 것이니,

내가 갚으리라.

(「로마서」 12장 19절)

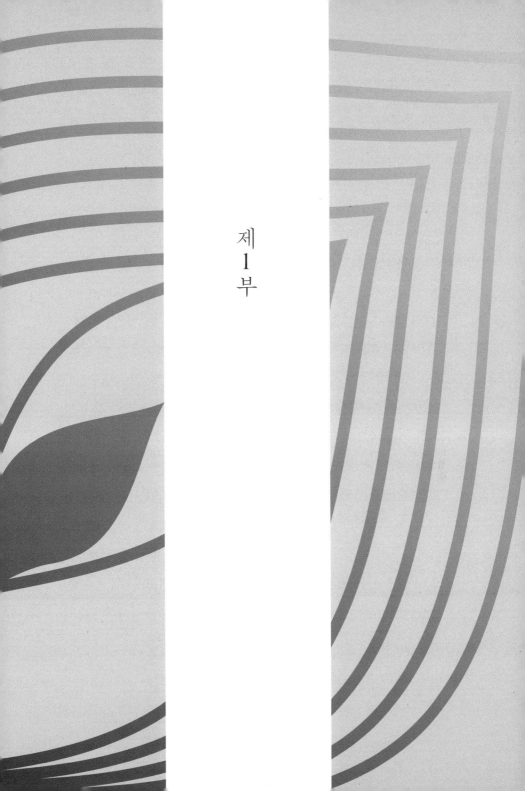

제1부

제1장

행복한 가정은 서로 비슷하지만 불행한 가정은 각자 자기 방식으로 불행하다.

오블론스키가에서는 모든 것이 엉망이었다. 남편이 프랑스인 전 가정교사와 바람피운 걸 알게 된 오블론스키 공작 부인 돌리가 결별을 선언한 것이다. 그리고 사흘이 지났다. 그동안 아내는 방에서 나오지 않은 채 남편 보기를 거부했다.

사흘째 되는 날 스테판 아르카디치 오블론스키는 여느 때처럼 아침 8시에 잠에서 깨었다. 잠에서 깬 그는 몽롱한 가운데 '이 노릇을 어쩐담'이라고 중얼거렸다.

그는 자기 자신에게 정직한 사람이었다. 그는 자기가 후회하고 있는 것이라고 자신을 속일 수 없었다. 실제로 그는 후회하지 않았다. 서른넷의 한창나이에 잘생긴 자신이, 죽은 두 아이를 포함해 아이를 일곱이나 낳은, 그보다 겨우 한 살 아래인 아내를 배신하고 바람을 좀 피웠다고 해서 뉘우칠 게 뭐 있겠는가? 다만 그가 후회하는 것이 있었다면 그 사실을 아내에게 좀더 제대로 숨기지 못했다는 사실뿐이었다.

그는 아내가 이 사실을 알고 그렇게 심한 충격을 받으리라고는 예상하지 못했다. 만일 그럴 줄 알았다면 좀 더 세심하게 주의해서 숨겼을 것이다. 그는 막연하게나마 아내가 이미 오래전부터 자신의 외도를 눈치챘으면서도 모른 척한다고 생각했으며 자신에게 그렇게 관대한 것이 공평한 일이라고까지 생각했다. 아내는 이제 더 이상 젊지도 않고 아름답지도 않으며 한물가지 않았는가? 아내 돌리가 지닌 장점이라야 아이들의 좋은 어머니라는 것뿐, 뭐 특출하게 눈길 끌만한 것도 없는 그저 평범한 여자 아닌가? 하지만 그의 예상은 빗나갔다. 그가 엄청난 잘못을 저지른 꼴이 되어버린 것이다.

그는 거듭 "제길, 이 노릇을 어쩐다?"라고 중얼거렸다. 하지만 뾰족한 수가 떠오를 리 없었다. 그저 만사 잊고 하루하루 지내는 수밖에 없었다. 그는 "어떻게 되겠지"라고 중얼거리며 창문으로 다가가 벨을 울렸다. 곧이어 오랜 벗인 시종 마트베이가 오블론스키의 옷과 전보를 갖고 들어왔다. 그는 전보를 뜯어 읽어보고는 얼굴이 환하게 밝아졌다.

"마트베이, 누이동생 안나가 내일 온다는군!"

"아, 정말 다행이군요!" 마트베이가 밝은 표정을 지으며 말했다. 그도 주인과 마찬가지로 이 방문이 부부의 화해에 도움이 되리라 기대하고 있었던 것이다. "혼자 오십니까, 아니면 부부가 함께 오십니까?"

"혼자 온다네."

스테판 오블론스키는 옷을 입은 후 식당으로 갔다. 식당에는 커피가 준비되어 있었으며 편지와 관청에서 온 서류들이 커피 옆에 놓여 있었다. 그는 편지와 서류들을 대충 읽은 뒤 신문을 펼쳐 들었다. 오블론스키는 그다지 급진적이지는 않지만 많은 사람의 지지를 받고 있는 자유주의 성향의 신문을 구독하고 있었다.

그는 스스로 어떤 경향이나 관점을 고르는 사람이 아니었다. 그보다는 그런 것들이 그에게 다가와 자신도 모르는 사이에 자신의 성향에 영향을 미치고 바꾸는 사람이었다. 한마디로 그는 다수의 취향을 그대로 따르는 편이었다. 그가 보수보다 굳이 자유주의를 선호하는 것은 자유주의가 더 합리적이라는 신념 때문이 아니었다. 자유주의가 그의 생활 방식에 더 어울리기 때문이었고 많은 사람들의 지지를 받고 있기 때문이었다.

자유주의자들은 러시아의 모든 것이 잘못되었다고 말한다. 아닌 게 아니라 그에게는 빚이 많았으며 생활도 쪼들렸다. 자유주의자들은 결혼이란 고루한 제도이니 뜯어고쳐야 한다고 말한다. 오블론스키도 가정생활에 썩 만족하지 못했고 원만한 가정생활을 위해 자신의 본성에 어울리지 않게 거짓말을 하고 위선적이어야만 했다. 자유주의자들은 종교란 미개한 계급을 억압하기 위해 씌워 놓은 굴레일 뿐이라는 것을 납득시키려 애쓴다. 오블론스키 역시 아무리 짧은 설교라도 좀이 쑤셔 견딜 수 없었다. 그는 사제들이 왜 저세상에 대해 그토록 무시무시하고 과장된 이야기를 늘어놓는지 도무지 이해할 수 없었다. 이곳의 삶이 이토록 즐거움에 가득 차 있는데 말이다!

그는 그렇게 자유주의를 사랑했고 자유주의 신문을 즐겨 읽었다. 마치 식사 후에 머리가 몽롱해지는 게 좋아서 시가를 피우는 것과 비슷했다.

그는 사설을 읽었다. 사설에는 혁명의 움직임을 분쇄해야 한다는 정부의 주장은 아무 쓸모없는 억측이라는 글이 실려 있었다. 사설은 있지도 않은 혁명의 움직임이 위험한 것이 아니라 나라의 발전을 저해하는 완고한 전통이 더 위험하다고 주장하고 있었다. 그는 그 사설을 읽으며 마치 자신의 생각을 읽은 것처럼 지극히 만족해했다.

그가 커피를 마시며 기분 좋게 신문을 읽고 있을 때 문 뒤에서 아이들 목소리가 들렸다. 맏딸 타냐와 작은아들 그리샤의 목소리였다. 그는 아이들을 불렀다. 그가 남달리 귀여워하는 타냐가 냉큼 달려와 그의 품에 안겼다.

"엄마, 뭐 하시니?" 그가 딸아이에게 물었다.

"엄마, 일어나 계세요." 타냐가 대답했다.

그는 한숨을 내쉬며 '또 한잠도 자지 않은 모양이로군'이라고 생각했다. 그는 '가봐야 하나, 말아야 하나'라고 속으로 중얼거렸다. 그러자 '갈 필요 없다'라는 목소리가 속에서 들려왔다. '그래봤자 서로 속이는 수밖에 없어. 관계를 개선하거나 복구하는 건 불가능하다니까. 그녀가 사랑스럽고 매력적인 여자가 될 수도 없는 노릇이고, 내가 갑자기 사랑조차 할 수 없는 노인네가 될 수도 없는 노릇이잖아. 서로 속이고 거짓말하는 것 외에는 방법이 없단 말이야. 그런데 그건 내 체질에 맞지를 않으니…….'

하지만 그는 다시 마음을 다잡았다.

'하지만 때로는 어쩔 수 없기도 해. 이런 식으로 계속 갈 수는 없지 않은가.'

그는 담배를 두 모금 정도 뻑뻑 빨아들이더니 재떨이에 던진 뒤 식당에서 나왔다. 그는 잰걸음으로 응접실을 지나 어느 방의 문을 열었다. 아내의 침실이었다.

돌리는 잔뜩 어질러진 방 한가운데 서서 서랍장에서 뭔가를 꺼내고 있다가 남편의 발소리를 듣고는 손길을 멈추고 문을 바라보았다. 언젠가는 분명 치렁치렁 아름다웠겠지만 지금은 듬성듬성한 머리 다발을 목덜미에 핀으로 고정시켜 놓았으며, 지치고 여윈 얼굴 때문에 더 튀어나온 눈은 마치 겁에 질려 있는 듯했다.

그녀는 지난 사흘간 열 번 넘게 시도했던 일을 다시 하려던 참이었다. 친정으로 가기 위해 아이들과 자신의 물건을 챙기고 있었던 것이다. 하지만 매번 결단을 내릴 수 없었다. 몇 번이나 남편 곁을 떠나 남편에게 복수해야 한다고 다짐했지만 속으로는 결코 그럴 수 없음을 그녀는 잘 알고 있었다. 그를 남편으로 여기는 습관, 그를 사랑하는 습관을 이제 와서 버릴 수는 없는 노릇이었다. 게다가 아이들 다섯을 데리고 다른 곳으로 가서 살다가는 아이들 건사를 제대로 할 수 없다는 것도 잘 알고 있었다. 하지만 가만히 있을 수만은 없었다. 그녀는 자신조차 속이면서 마치 떠날 것처럼 물건을 챙겼고 떠날 것처럼 행동했다.

남편이 들어선 것을 알자 그녀는 그를 향해 몸을 돌렸다. 하지만 그가 가까이 올 때까지 그녀는 고개를 들지 않았다. 이윽고 그가 가까이 오자 그녀가 고개를 들고 차갑게 말했다.

"왜 온 거예요?"

"돌리!" 오블론스키가 떨리는 목소리로 말했다. "안나가 오늘 온다는군."

"그게 나랑 무슨 상관이지요? 나는 아가씨를 맞이할 수 없어요!"

"그렇지만, 돌리……."

"나가요, 나가라니까요!" 남편을 외면하며 그녀가 소리쳤다. 마치 육체적 고통에서 나오는 것 같은 외침이었다.

막연히 머릿속으로 아내를 생각할 때 오블론스키의 마음은 편했다. 그녀가 쉽게 마음을 돌리고, 그는 다시 평온하게 커피를 마시며 신문을 읽을 수 있으리라 생각했다. 하지만 그녀의 고통에 찬 얼굴을 보고 절망에 찬 목소리를 들으니 갑자기

숨이 막히는 것 같았으며 목이 메어왔고, 심지어 눈물까지 핑 돌았다.

"오, 세상에! 내가 무슨 짓을 저지른 거지! 여보, 제발……. 함께 지낸 9년의 세월을 생각해서라도……."

그녀는 눈을 내리깔고 남편의 다음 말을 기다렸다. 내심, 그녀가 잘못 알고 있다고 말해주기를 기대하고 있었다. 하지만 남편의 말은 그녀의 기대를 산산이 깨버렸다.

"한순간의 실수를……."

"나가요, 나가!" 그의 말이 채 끝나기도 전에 그녀가 고함쳤다. 그녀의 눈에 눈물이 가득했다.

"여보, 제발 아이들을 생각해서라도……. 애들은 죄가 없잖아. 다 내가 잘못한 거야. 그러니, 여보, 용서해줘."

"당신은 아이들과 놀고 싶을 때나 아이들을 떠올리지요! 하지만 나는 아이들을 구하기 위해서라면 무슨 일이든 할 거예요! 아, 어떻게 아이들을 구해야 할지……. 아이들을 아버지에게서 떼어놓아야 할지……, 아니면 음탕한 아버지와 함께 살게 해야 할지……. 아니, 아이들을 가르치는 가정교사하고 그 짓을 저지르다니!"

"그렇지만 이제 와서 어떻게 하란 말이야?" 오블론스키는 자신이 무슨 말을 하는지도 모르는 채 머리를 떨구며 처량한 목소리로 말했다. 그는 아내가 자신을 증오한다고 느꼈다.

'오, 나를 절대로 용서하지 않겠구나. 정말 무서운 일이야, 무서운 일'이라고 그는 생각했다.

바로 그때 옆방에서 한 아이의 외침 소리가 들렸다. 분명 어딘가에 부딪쳐 넘어진 모양이었다. 그 소리를 듣는 순간 돌리의 얼굴이 부드러워졌다. 그녀는 문가로 다가갔다.

오블론스키가 그녀의 뒤를 따라가며 중얼거렸다.

"여보, 한 마디만 더……."

"만일 따라오면 하인들을 부를 거예요! 난 오늘 떠날 거예요! 당신은 여기서 애인이랑 살아요!"

그녀는 문을 쾅 닫고 나가버렸다.

제2장

오블론스키는 타고난 재능 덕분에 학교 공부를 수월하게 할 수 있었다. 하지만 워낙 게으르고 놀기를 좋아해서 졸업성적은 바닥을 헤맸다. 여전히 방탕한 생활을 하는데다 관등도 높지 않았으며 비교적 젊은 나이임에도 불구하고 그는 모스크바의 한 관청에서 꽤 중요한 자리의 부서장 직을 맡고 있었다. 명예도 있고 봉급도 괜찮은 자리였다. 그는 여동생 안나의 남편인 알렉세이 알렉산드로비치 카레닌을 통해 그 자리를 얻을 수 있었다. 카레닌은 정부에서 요직을 맡고 있었으며 오블론스키가 근무하는 모스크바의 관청은 그 휘하에 있었다.

하지만 카레닌이 처남을 그 자리에 앉히지 않았더라도 그는 다른 사람들—형제나 누이, 사촌, 숙부나 숙모 등—을 통해 얼마든지 지금과 비슷한 6,000루블 정도의 연봉을 받는 자리를 얻을 수 있었을 것이다. 모스크바와 페테르부르크의 반 정도가 그의 친구나 친척이라고 할 정도였던 것이다.

오블론스키는 좋은 자리를 얻으려고 특별히 애쓰지 않았다. 그저 남의 부탁을 거절하지 않고 질투하지 않으며 싸우거나 화를 내지만 않으면 되었다. 그는 본래 선량한 성품이라서 굳이 그러려고 애쓸 필요도 없었다.

게다가 그는 뭐 대단한 자리를 원하지도 않았다. 그는 자신과 연배가 비슷한 사람들이 차지하는 자리를 원할 뿐이었고, 일 처리 능력도 결코 남에게 뒤떨어지지 않았다. 그는 벌써 그 자리를 3년째 맡고 있었으며 윗사람들에게서는 사랑을, 아랫사람들로부터는 존경을 받았다.

그는 선량했고 쾌활했으며 더할 나위 없이 정직했기에 그를 아는 사람들은 모두 그를 좋아했다. 그의 잘생긴 얼굴, 반짝이는 눈, 짙고 검은 머리카락과 눈썹, 희면서도 홍조를 띠고 있는 안색 등은 그를 만나는 사람을 기분 좋게 만드는 힘이 있었다. 그를 보는 사람은 언제나 "아, 스티바 오블론스키로군!"이라고 말하며 밝은 미소로 그를 반겼다. 그와 가까운 사람들은 그를 스티바라고 불렀다.

직장에 도착한 오블론스키는 사람들과 악수를 나눈 후 자신의 사무실로 들어갔다. 그는 비서가 가져온 서류들을 검토하는 것으로 하루 일과를 시작했다. 그는 점심시간인 오후 2시가 될 때까지 계속 업무를 보았다.

막 2시가 가까울 무렵이었다. 관청의 현관문이 열리고 누군가가 들어섰다. 그러자 문 옆에 있던 수위가 그 사람을 쫓아내고 문을 닫아버렸다.

이윽고 2시가 되자 오블론스키는 기지개를 쫙 펴더니 "나머지 점심 먹고 와서 끝내면 되겠군"이라고 중얼거리며 자리에서 일어났다. 그는 부하 직원 두 명과 함께 현관을 나서며 수위에게 물었다.

"아까 왔던 사람이 누군가?"

"나리, 어떤 사람이 아무 말도 없이 불쑥 들어서기에 제가 쫓아냈습니다. 나리를 만나겠다고 하더군요. 제가 말했습지요. 나리들이 나오시면 그때……."

"그래, 그 사람 지금 어디 있나?"

"아마 저기 밖에 있을 겁니다. 근처를 어슬렁거리고 있던데……. 아, 저기 오네요."

수위는 어깨가 떡 벌어진 듬직한 체격의 사내를 가리켰다.

곱슬곱슬한 턱수염을 기른 사내는 돌계단을 가벼운 발걸음으로 뛰어 올라오고 있었다. 그의 모습을 알아본 오블론스키는 반색을 하며 외쳤다.

"아니, 이게 누구야! 레빈 아닌가?" 오블론스키는 악수로는 성이 차지 않는지 입을 맞추며 말했다. "어떻게 이런 굴속으로 찾아올 생각을 다 하셨나? 그래, 온 지 오래됐나?"

"아니, 방금 왔어. 자네에게 할 말이 좀 있어서."

"그래? 자, 어서 내 방으로 가세."

그는 레빈을 안쪽으로 잡아끌었다. 밖으로 나가려던 부하직원들도 함께 오블론스키의 방으로 갔다.

레빈은 오블론스키보다 두 살 아래인 서른두 살이었다. 하지만 둘은 허물없는 친구 사이로 말을 트고 지냈다. 둘이 술친구여서가 아니라 어릴 때부터 친구이기 때문이었다. 둘은 성격이나 취향이 달랐지만 어릴 때 사귄 친구 사이가 으레 그렇듯이 서로를 좋아했다.

하지만 어릴 때 가깝게 지내다가 서로 다른 일에 종사하게 된 사람들이 늘 그렇듯이, 둘 다 겉으로는 상대방이 하는 일을 존중해주는 척하면서도 속으로는 경멸했다. 둘 다 속으로는 자신만이 가치 있는 삶을 살고 있다고 생각했고 상대방은 헛뒤 삶을 살고 있다고 생각했다.

오블론스키가 보기에 시골 생활을 하다가 모스크바로 올라온 레빈은 늘 흥분해 있었고 늘 서둘렀으며, 생전 처음 보는 새로운 모습들에 불편해하면서 걸핏하면 화를 내는 것 같았다. 오블론스키는 그런 모습이 우스꽝스럽게 보이면서도 한편으로는 좋았다. 마찬가지로 레빈은 친구의 도시 생활과 관료로서 하는 일이 하찮게 여겨져 내심 비웃고 있었다.

방으로 들어가자 오블론스키가 말했다.

"자네를 오랫동안 기다렸어. 그래, 어떻게 지냈나?"

이어서 그는 부하직원들을 레빈에게 소개한 후, 레빈을 그들에게 소개했다.

"자, 내 친구야. 유명한 지주이고 한 손으로 50킬로그램을 들어 올리는 씩씩한 사냥꾼이지. 가축도 기르고 사냥도 즐기는 콘스탄틴 드미트리치 레빈이야. 세르게이 이바니비치 코즈니셰프의 아우이기도 하지."

그러자 오블론스키의 부하 중 한 명이 재빨리 아는 체를 했다.

"아, 저는 영광스럽게도 당신의 형 세르게이 이바니치 코즈니셰프를 잘 알고 있습니다."

레빈은 얼굴을 찡그렸다. 같은 어머니의 배에서 나온 형은 러시아 전역에 유명한 작가였고 그는 형을 존경하고 있었다.
하지만 자신을 콘스탄틴 레빈이 아니라 유명한 형의 동생으로
취급하는 것이 언짢았던 것이다.

"자, 어떤가? 구린으로 가서 식사하면서 이야기를 나누지.
3시까지는 시간이 있거든." 오블론스키가 제안했다.

레빈은 잠깐 생각하더니 말했다.

"아니, 어디 좀 들러볼 데가 있어."

"좋아, 그렇다면 저녁을 함께 하세."

"저녁을? 뭐 그렇게 긴히 할 이야기가 있는 것도 아닌데…….
한두 마디면 돼. 딱 한 가지만 물어보고 싶은 게 있거든."

"그래? 어디 한두 마디를 해보게. 다른 이야기는 저녁 먹으
며 나누기로 하고."

"그게……." 레빈이 어렵게 입을 열었다. "뭐, 별로 중요한 이
야기는 아니고……."

레빈은 부끄러움을 감추려 애를 쓰는 것 같더니 갑자기 화난
표정이 되었다. 그는 더듬더듬 말을 이었다.

"셰르바츠키 집안사람들 어떻게 지내나?"

오블론스키는 레빈이 자신의 처제인 키티를 오래전부터 사
랑하고 있다는 것을 알고 있었기에 보일락 말락 미소를 지었다.

"뭐, 변한 게 있겠나? 암튼 자네가 오랫동안 발길을 하지 않아서 유감이야."

"왜? 무슨 일이 있었나?"

"아니야, 별일 없어. 나중에 이야기함세. 그건 그렇고 자네, 대체 무슨 바람이 불어 모스크바 나들이를 하셨나?"

"아, 그 이야기도 나중에 하지." 레빈이 다시 귀뿌리까지 빨갛게 되며 말했다.

"좋아, 알겠어. 의당 자네를 내 집에 초대해야겠지만 아내가 몸이 별로 안 좋아. 그러니 이렇게 하세. 셰르바츠키 집안사람들을 보고 싶다면 4시부터 5시 사이에 동물원으로 가보게. 그 시각에 그곳에 있을 거야. 키티가 스케이트를 탈 거거든. 그리로 먼저 가서 기다리게. 나도 갈 테니. 그리고 함께 어딘가 가서 저녁을 먹자고."

"좋아, 나중에 보세."

레빈이 작별 인사를 하고 방에서 나갔다. 그가 밖으로 나가자 직원이 말했다.

"정말 기운이 철철 넘치는 사람이네요."

"맞아." 오블론스키가 고개를 끄덕이며 말했다. "정말 행운아야! 카라진 군에 6,000에이커나 되는 땅이 있는 데다 앞날이 창

창하거든. 게다가 얼마나 젊고 팔팔한가! 나 같은 놈하고는 비교가 안 돼!"

오블론스키가 레빈에게 무슨 일이 있어 모스크바에 왔냐고 묻자 레빈의 귀가 빨개지면서 마치 자신에게 화가 난 것 같은 모습을 보인 데는 이유가 있었다. 그는 "자네 처제에게 청혼을 하러 온 거라네"라고 대답하지 못한 자신에게 화가 났던 것이다. 실제로 그가 이곳에 온 것은 오로지 그 이유 때문이었다.

레빈 집안과 셰르바츠키 집안은 러시아의 유서 깊은 귀족 가문으로서 늘 가깝고 친밀한 관계를 유지해 왔다. 두 집안의 긴밀한 관계는 레빈의 학창 시절 더욱 공고해졌다. 레빈은 돌리, 키티와 남매간인 젊은 셰르바츠키 공작과 함께 모스크바 대학 입시 준비를 했고 둘이 함께 모스크바 대학에 들어갔다.

레빈은 그 집에 드나들면서, 이상하게 들릴지 모르겠지만, 그 집안을 사랑하게 되었다. 더 정확히 말한다면 그 집안의 반 이상을 차지하고 있는 그 집안 여성들을 사랑하게 되었다. 어머니를 기억하지 못하는데다 누이도 그보다 나이가 많았기에 부모님을 여읜 뒤 전혀 맛보지 못했던 유서 깊은 귀족 가문의 분위기를 그는 셰르바츠키 집안에서 처음으로 느낄 수 있었다. 그에게 이 집안의 가족들, 특히 여인들은 뭔가 신비롭고 시적인 베일에 싸인 것처럼 느껴졌고 그는 그 신비로움에 마음을 빼앗겼다.

학창 시절 그가 먼저 사랑에 빠진 것은 맏딸 돌리였다. 하지만 그녀는 곧 스테판 오블론스키에게 시집을 갔다. 이어서 그는 둘째 딸 나탈리를 사랑하게 되었다. 마치 자신은 이 집 자매들 중 하나와 사랑에 빠져야만 하는 것처럼 느끼고 있었다. 다만 그게 누구인지를 알 수 없을 뿐이었다. 그런데 나탈리도 사교계에 데뷔하자마자 르보프라는 외교관과 결혼해버렸다.

레빈이 대학을 졸업했을 때 막내 딸 키티는 아직 어린 소녀였다. 해군에 입대했던 젊은 셰르바츠키는 발트해에서 익사했고 오블론스키와의 우정에도 불구하고 그는 셰르바츠키 집안과 소원해질 수밖에 없었다. 그러나 시골에서 1년간 지낸 레빈이 올 초겨울에 모스크바로 다시 와서 셰르바츠키 집안사람들을 보았을 때 그는 세 딸 중 자신이 누구를 사랑할 운명이었는지를 깨달았다.

얼핏 보기에 레빈이 셰르바츠키 집안의 딸에게 청혼하는 것은 너무나 당연하고 쉬운 일이었다. 레빈은 집안도 좋고 재산도 많은 서른두 살의 건장한 청년이었으니 누구나 훌륭한 신랑

감으로 인정할 터였다. 하지만 사랑에 빠진 남자가 어찌 그럴 수 있겠는가? 사랑에 빠진 레빈에게 키티는 모든 면에서 너무 완벽한 존재로서 이 세상 모든 것들 위에 군림하고 있는 것 같았다. 그에 비하면 자신은 격이 낮고 세속적인 존재로 보여, 다른 사람들은 물론이고 그녀도 자신을 합당한 상대로 여기지 않으리라 생각했다.

모스크바에 있는 동안 그는 사교계에서 거의 매일 그녀를 만나며 황홀한 시간을 보냈다. 하지만 그녀에 대한 사랑이 깊어지면 깊어질수록 자신이 그녀와 맺어지는 것은 불가능하게 생각되었다.

그는 우선 그녀의 부모가 자신을 탐탁지 않게 여기리라 생각했다. 그의 친구들은 이미 대령 계급장을 달고 시종무관이 되어 있었으며, 교수, 은행장, 철도청장에 스테판처럼 요직의 공무원이었다. 그에 비해 자신은 너무 초라했다. 겨우 소를 기르고, 도요새를 사냥하고, 건물이나 짓는 지주일 뿐 무엇 하나 번듯하게 하는 일이 없다고 그는 자학했다. 게다가 그는 자신이 못생겼다고 생각하고 있었다. 그는 절망에 빠져 시골로 내려가 버렸다.

하지만 두 달을 시골에서 지내면서 그는 자신이 지금 키티에게 느끼는 감정이 그가 젊은 시절 겪었던 것들과는 다르다는 것을 분명하게 알 수 있었다. 단 한순간도 편히 지낼 수가 없었던 것이다. 그는 그녀가 자신의 아내가 될 것인지 아닌지 양단간에 결정을 내리지 않고는 도저히 살아갈 수 없다는 것을 알게 되었다. 그는 자신의 절망은 오로지 자신의 상상에서 비롯된 것이며 그녀가 자신을 거절하리라는 증거는 하나도 없다고 스스로에게 자신감을 불어넣었다.

그는 굳은 결심을 하고 모스크바 행 열차에 몸을 실었다. 그녀에게 청혼을 하리라. 그녀가 받아준다면 결혼하리라. 하지만 만일 그녀가 거절한다면? 그는 거절당한 자신의 모습은 상상할 수도 없었다.

모스크바에 도착하자 그는 제일 먼저 저명한 소설가인 동복형 코즈니셰프를 찾아갔다. 코즈니셰프는 하리코프에서 상경한 저명한 철학교수와 철학 논쟁을 벌이고 있었다. 전이었다면 레빈도 흥미를 느낄만한 주제였지만 지금 레빈에게는 그들의 논쟁이 귀에 들어오지 않았다.

손님이 떠나자 코즈니셰프는 이런저런 형식적 안부를 물은 뒤 말했다.

"참, 너 알고 있니? 니콜라이가 이곳에 다시 왔다는구나."

니콜라이는 콘스탄틴 레빈의 친형이었다. 말하자면 코즈네 셰프에게는 레빈과 마찬가지로 배가 같은 동생이었다. 그는 재산을 거의 다 탕진한 채 품행이 좋지 않은 사람들과 어울리는 바람에 형제들과는 다소간 불화가 있었다.

"아니, 누가 봤대요? 모스크바에는 왜 온 거지요?"

레빈이 다소 흥분해서 물었다.

"네게 이야기하지 말 걸 그랬구나. 내가 아는 사람 편에 돈을 좀 보냈어. 그랬더니 이런 편지를 보냈더구나."

코즈니셰프는 문진 아래 놓여 있던 편지를 집어 레빈에게 건넸다. 레빈은 낯익은 필체의 글을 단숨에 읽었다.

제발 부탁이니 나를 좀 내버려둬요. 내가 내 사랑하는 형제들에게 바라는 건 그것뿐입니다.

니콜라이 레빈

레빈은 마음속으로 갈등을 느꼈다.

'형에게 가봐야 하나, 그냥 내버려둬야 하나?'

그는 형에게 도움이 되든 말든 가만히 있을 수는 없다고 생각했다. 그는 코즈니셰프에게서 니콜라이의 주소를 받은 뒤 집에서 나섰다.

밖으로 나온 그는 형에게는 저녁에 찾아가기로 결심했다. 우선은 모스크바에 온 일의 결말을 보고 마음의 평화를 얻어야 했다. 그는 그 길로 스테판 오블론스키를 만나러 간 것이었다.

제3장

오후 4시 경, 동물원에 들어선 레빈은 두근거리는 심정으로 스케이트장으로 향하는 길을 걸어갔다. 셰르바츠키가의 마차를 동물원 입구에서 보아두었기에 분명히 키티를 만날 수 있으리라고 그는 확신했다.

그는 스케이트장으로 가면서 되뇌었다.

"침착해야 돼. 떨 거 없어. 아무 문제없잖아. 자, 진정하라고. 이런 바보 같으니!"

하지만 진정하려고 할수록 호흡이 가빠졌다. 그는 스케이트를 타는 사람들 중에서 그녀의 모습을 발견하고는 거의 호흡이 멎을 정도로 공포에 사로잡혔다. 사람들 사이에 있는 그녀는 마치 쐐기풀들 사이에 있는 장미 같았으며 그녀가 서 있는 곳은 감히 범접할 수 없는 성지처럼 여겨졌다. 그는 망설였고 심지어 돌아가겠다는 생각까지 들었다. 하지만 온갖 사람들이 스케이트를 타며 그녀 주변을 돌아다니고 있는 것을 보고 자신도 스케이트를 타고 그녀 근처에 못 갈 것은 없다고 생각했다. 그는 마치 눈이 부셔 태양을 바로 보지 못하는 것과 마찬가지로 그녀와 눈이 마주치지 않으려는 듯 시선을 내리깐 채 그쪽을 향해 갔다.

그때였다. 키티의 사촌인 니콜라이가 그의 모습을 발견하고 소리쳤다.

"어, 이거 러시아 최고 스케이트 선수로군! 어서 이리 와서 스케이트를 신어! 얼음이 그만이야!"

"스케이트가 없어."

레빈은 그녀 앞에서도 그토록 대담하게 대답할 수 있는 자신에게 스스로도 놀랐다. 그는 키티에게 직접 눈길을 주지는 않았지만 단 한순간도 시야에서 놓치지 않았다. 그는 마치 태양이 자기에게 가까이 다가오고 있는 듯 느꼈다.

"오신 지 오래 되셨어요?" 레빈에게 가까이 온 키티가 손을 내밀며 그에게 물었다.

"저요? 그렇게 오래 되지는 않았어요……. 어제……, 아니,

오늘……." 그는 당황해서 키티의 질문을 제대로 이해하지도 못하고 얼굴을 붉힌 채 더듬거렸다. 그는 용기를 내서 다시 말했다.

"스케이트를 잘 타시네요."

"칭찬해주시니 감사해요. 오빠가 스케이트 타시는 모습을 보고 싶었어요. 자, 어서 스케이트를 신으시고 저랑 같이 타요."

키티는 죽은 오빠의 친구인 레빈을 스스럼없이 오빠라고 불렀다.

'나와 함께 스케이트를 타자고! 이게 꿈인가, 생시인가!'

레빈은 스케이트 대여 장소로 달려가 스케이트를 신으며 생각했다.

'이게 삶이야! 이게 행복이야! '같이 타요'라고 그녀가 말했어. 오, 지금 말해야 하나? 그래, 지금 말해야 해! 자, 나약함이여 물러가라!'

스케이트를 신은 레빈은 키티의 곁으로 갔다. 둘은 손을 잡고 나란히 스케이트를 탔다. 속력이 나자 키티가 그의 손을 꼭 잡았다.

"오빠와 함께라면 금세 배우겠어요. 너무 믿음직스러워요." 키티가 레빈에게 말했다.

"나도 당신이 내게 기댈 때 자신감이 생깁니다."

레빈은 그 말을 한 후 자신이 한 말에 스스로 놀라 얼굴이 벌 겋게 되었다. 아닌 게 아니라 그가 그 말을 하자마자 마치 태양 이 구름 속에 모습을 감추듯 그녀의 얼굴에서 상냥한 표정이 사라져버렸다. 그녀는 뭔가 생각에 잠긴 듯 아름다운 이마에 주름이 잡혔다.

"무슨 안 좋은 일이?" 그가 조심스레 물었다.

"왜요? 아니, 그런 거 없어요." 그녀가 차갑게 대답하고 즉각 덧붙였다. "마드무아젤 리농을 아직 안 만나셨지요? 당신을 무 척 좋아하는데요."

리농은 그녀의 가정교사였다. 레빈은 백발의 마드무아젤 리 농을 향해 스케이트를 지쳐가면서 생각했다.

'왜 그러지? 오, 내가 그녀를 화나게 했구나! 오, 하느님 도 와주소서!'

레빈은 프랑스 노파와 몇 마디 이야기를 나눈 후에 다시 키 티에게 왔다. 그녀의 얼굴은 다시 이전의 상냥함과 천진함을 되찾고 있었다.

"겨울에는 시골 생활이 따분하지 않으세요?" 그녀가 물었다.

"따분할 리가 있나요? 아주 바쁜데요."

제1부

37

그는 그녀가 다시 그를 일상적인 대화 속으로 끌어들이려는 것을 느꼈다. 그리고 이대로라면 마치 지난 초겨울처럼 거기서 빠져나갈 수 없다고 느꼈다. 그녀가 다시 물었다.

"모스크바에 오래 계실 건가요?"

"모르겠습니다." 그는 자신이 무슨 말을 하고 있는지 아무 생각도 없이 대답했다. 그는 그녀의 일상적인 평온함을 그대로 받아들인다면 다시 아무런 결정도 하지 못한 채 떠나게 되리라고 생각하고, 그 평온함에 반항하기로 결심한 것이다.

"모르시겠다고요?"

"모릅니다. 모든 게 당신에게 달려 있으니까요." 그는 그 말을 입 밖에 내자마자 자기가 한 말에 스스로 놀랐다.

그녀는 그의 말을 들었는지 아니면 듣고 싶지 않았는지 마치 넘어질 듯 두어 번 발을 구르더니 서둘러 그에게서 멀어져 갔다.

'맙소사! 내가 무슨 짓을 한 거지? 오, 하느님, 제발 저를 도와주소서!'

그는 스케이트장을 마구 달리며 한탄했다.

스케이트장 건물에서 스케이트를 벗고 마드무아젤 리농과 함께 밖으로 나서던 키티는 레빈이 스케이트를 타는 모습을 보고 마치 사랑하는 오빠를 바라보는 듯, 부드럽게 미소 지으며 생각했다.

'정말 굉장하고 멋진 분이야. 그런데 내 잘못일까? 내가 나쁜 짓을 한 걸까? 내가 저분을 갖고 장난친다고들 할지도 몰라. 나는 분명 저분을 사랑하고 있지 않아. 하지만 저분과 있으면 행복해. 저분도 정말 멋지고. 그런데 저분은 왜 그런 말을 했을까?'

키티가 어머니와 함께 스케이트장을 떠나는 것을 보고 레빈은 얼른 그들에게 다가가 인사했다. 공작 부인은 목요일마다 집에서 손님들을 맞는다며 레빈을 초대했다. 오늘이 바로 그날이었다. 키티는 레빈에게 "그럼 나중에 봬요"라고 방긋 웃으며 말한 후 어머니와 함께 그곳을 떠났다.

제4장

　잠시 후 레빈은 오블론스키를 만나 앙글라야(영국) 호텔 레스토랑으로 들어서고 있었다. 식당에 들어서자 오블론스키는 그들을 뒤따라오는 웨이터에게 아주 능숙하게 이것저것 주문했다. 레스토랑에 들어서니 마치 오블론스키에게서 휘황찬란한 빛이 나는 것 같았다. 오블론스키는 그를 보고 반갑게 인사하는 사람들에게 환한 미소로 답하면서 스스럼없이 그들 테이블로 다가가 보드카를 입에 털어 넣고 생선회를 입에 집어넣었으며, 그들에게 농담을 던져 그들을 깔깔거리게 만들었다.

　웨이터는 그들을 조용한 곳으로 안내한 후 냅킨과 메뉴를 손에 든 채 오블론스키의 주문을 기다리며 말했다.

　"나리, 오늘 아주 성성한 굴이 들어왔습니다. 플렌스부르크에서 온 겁니다."

"플렌스부르크산(産) 굴이라! 그거 좋겠네. 어떤가, 자네도 좋겠지?"

"난 아무래도 좋아. 스케이트를 탔더니 배가 고파. 아무거나 잘 먹을 걸세."

"좋아, 그러면 굴 서른 개랑 야채수프를 가져와. 그 다음에는 진한 소스를 듬뿍 바른 가자미를 가져오고…… 그 다음에는 로스트비프 그리고 닭요리와 그래, 과일조림을 가져오게. 그리고 백포도주와 샤블리 와인도 가져오고."

얼마 후 웨이터가 굴을 가져왔고 오블론스키는 음미하듯 굴을 삼켰다. 레빈도 어쨌든 굴을 먹긴 먹었으나 속으로는 흰 빵에 치즈가 더 낫겠다고 생각하고 있었다.

"자네, 굴을 별로 좋아하지 않는가보군." 스테판이 와인 잔을 비우며 말했다. "아니면, 무슨 걱정거리가 있는 건가?"

"나? 글쎄, 아마도……. 하긴 여긴 모든 게 다 불편해. 시골에서는 어서 가서 일을 해야 하니 후다닥 식사를 해치우는데……. 그런데 자네와 나는 어떻게 하면 식사를 오래 할 수 있을까 그 궁리만 하고 있는 것 같단 말이야."

"맞아. 하지만 문명의 목적이란 게 뭔가? 모든 것으로부터 즐거움을 취하라! 그게 바로 그 목적이 아닌가?"

"그게 문명의 목적이라면 난 차라리 야만인이 되겠네."

"안심해, 자네는 이미 충분히 야만인이니까. 그건 그렇고, 어떤가? 오늘 우리들, 그러니까 셰르바츠키 집안사람들을 보러 올 건가?"

"물론이지. 어쩐지 공작 부인이 내키지 않는 초대를 하는 것 같긴 했지만……."

"무슨 그런 소리를! 그냥 일반적인 '귀부인' 스타일일 뿐이야. 그런데 자네 왜 모스크바에 온 건가?"

"자네, 짐작 못 했나?"

"물론 했지. 하지만 나는 자네의 입을 통해 확실하게 듣고 싶은데……."

오블론스키는 약간 장난기 섞인 웃음을 지었다.

"그래, 짐작했다면 제발 말해봐. 자네가 보기에 어떨 것 같은가?" 레빈은 친구를 뚫어져라 바라보며 물었다. "그게 가능한 일이라고 보나?"

오블론스키는 천천히 샤블리를 음미하면서 친구를 바라보았다. 이윽고 그가 입을 열었다.

"암, 가능하지. 안 될 게 뭐가 있나? 모든 치녀는 청혼을 받으면 즐거워하게 되어 있어."

"하지만 그녀는 달라."

오블론스키는 다시 빙그레 미소 지었다. 그는 레빈의 기분을 잘 알고 있었다. 지금 레빈에게는 세상 모든 여자가 단 두 종류로 나뉘어져 있으리라. 그중 한 종류는 키티를 제외한 모든 아가씨들로 모두 평범하기 짝이 없는 여자들이겠지. 또 한 종류는 바로 그녀, 키티로서 그녀는 아무런 약점도 없는 완전무결한 여자이며 그 누구보다 고결하게 여겨지겠지.

오블론스키가 다시 입을 열었다.

"자네, 안심해도 돼. 자네 내 아내 알지? 그녀에게는 앞을 내다보는 재능이 있다네. 특히 어느 누가 누구와 결혼할 것이다, 라고 말하면 어김없이 적중한단 말이야. 그런 그녀가 자네 편이야. 자네를 좋아할 뿐 아니라 자네가 키티와 결혼할 거라고 장담하고 있어."

그 말에 레빈의 얼굴이 환해졌고, 자칫 눈에서는 눈물이 흐를 지경이었다.

레빈은 감격한 듯 잠시 말이 없었다. 오블론스키 역시 잠시 가만히 있더니 다시 입을 열었다.

"한 가지 더 말해둘 게 있네. 자네 브론스키라고 아나?"

"아니, 모르는데. 그건 왜 묻는 건가?"

오블론스키는 웨이터에게 와인을 한 병 더 주문한 뒤에 레빈에게 말했다.

"자네 경쟁자이기 때문이야."

방금 전까지 어린아이처럼 기뻐하던 레빈이 순식간에 오만상을 찌푸리며 물었다.

"그래, 브론스키가 어떤 사람이야?"

"키릴 이바노비치 브론스키 백작의 아들이야. 페테르부르크에서 가장 잘 나가는 귀공자 중 한 명이지. 부자인데다 미남이야. 게다가 황제 시종무관이야. 그뿐인가? 교양도 있고 총명해. 한마디로 앞길이 훤하게 열린 친구야. 앞으로 크게 될 친구지. 자네가 이곳을 떠난 뒤 이곳에 나타났어. 내가 보기에는 키티에게 홀딱 빠진 것 같아."

레빈은 얼굴이 창백해진 채 의자에 등을 기댔다. 그러자 오블론스키가 충고조로 말했다.

"자, 한마디만 더 하겠네. 자네에게도 기회가 없는 게 아니야. 어찌 되었건 이 문제를 빨리 매듭짓도록 하게. 당장 오늘 저녁은 아니더라도, 내일 중으로 찾아가 청혼하도록 하게. 신이 축복해주실 거야."

레빈은 고통스러워서 화제를 바꾸고 싶었다.

"그런데 자네, 왜 사냥하러 오지 않는 건가?"

"언제고 가겠네. 그런데 늘 여자가 골치란 말이야. 내가 내 아내랑 별로 안 좋아. 정말 엉망이야. 다 여자 때문이지. 자네 내게 조언을 좀 해주게."

"무슨 조언? 어떤 일인데?"

"자, 들어봐. 자네가 사랑하는 여자와 결혼했는데, 다른 여자를 사랑하게 되었다면?"

"미안하네. 난 그런 건 도무지 이해할 수 없어. 배불리 식사를 한 뒤에 빵을 훔치는 것과 같은 짓 아닌가?"

"그러면 왜 안 되지? 빵이 신선하고 냄새가 너무 좋을 수도 있지 않은가? 내가 어찌 해야 하겠나? 제발 충고 좀 해주게."

"충고해줄까? 빵을 훔치지 말게."

그 말에 오블론스키가 웃음을 터뜨렸다.

"이런 도덕군자 같으니라고! 자네는 완전한 사람이야. 그게 자네 장점이자 단점이야. 자네는 품성이 완전하니까 인생도 완전하기를 원해. 하지만 현실은 그렇지 않아. 절대로 자네가 원하는 대로 흘러가지 않는다니까. 인생의 온갖 알록달록한 매력과 아름다움은 빛과 어둠을 통해 빚어지는 법이거든."

레빈은 한숨을 내쉴 뿐 아무 대답도 하지 않았다. 자기 생각에 몰두해서 상대방의 말에 귀를 기울이지 않고 있었던 것이다. 문득 두 사람은 그들을 보다 가깝게 만들 수도 있었을 이 식사가 그들을 더욱 멀어지게 만들어버렸음을 깨달았다. 그런 경험이 많은 오블론스키는 그럴 때 어떻게 해야 하는지 잘 알고 있었다. 그는 "계산서!"라고 큰 소리로 외치며 홀로 나갔다. 레빈은 숙소로 가서 옷을 갈아입고 셰르바츠키가로 향했다.

제5장

키티 셰르바츠카야는 열여덟 살이었다. 올 겨울에 사교계에 데뷔한 그녀는 두 언니보다 훨씬 큰 성공을 거둔 셈이었다. 무도회에 참석한 젊은이들은 거의 모두 그녀에게 반했고, 이미 두 명의 구혼자가 생긴 것이다. 그중 한 명이 바로 레빈이었고, 다른 한 명은 레빈이 시골로 떠나자마자 나타난 브론스키 백작이었다.

키티의 부모 중 공작은 레빈 편이었다. 키티에게 레빈 이상가는 남편감은 없다고 그는 확신했다. 하지만 공작 부인은 생각이 달랐다. 그녀가 보기에 브론스키와 레빈은 아예 비교 자체가 불가능했다. 그녀의 눈에 레빈의 생각이나 의견은 언제나 이상야릇했고 게다가 그는 고집불통이었다. 그가 사교계에서 수줍은 모습을 보이는 것은 그가 오만하기 때문이라고 그녀는 생각했으며 그의 야만적인 시골 생활도 마음에 들지 않았다. 게다가 더욱 그녀 마음에 들지 않았던 것은 분명히 딸에게 반해서 한 달 반이나 뻔질나게 집으로 찾아오면서도 사랑을 고백하지 않았다는 사실이었다. 그러다가 갑자기 사라져버린 그의 태도가 공작 부인의 마음에 들 리 없었다.

'그가 매력적이지 않아서 키티가 그에게 반하지 않은 게 천만 다행이야'라고 그녀는 생각했다.

그에 비해 브론스키는 완벽 그 자체였다. 엄청난 부자에 똑똑하고 명망이 있었고, 매력이 넘쳤으며, 앞길이 창창한 무관의 길을 걷고 있었다. 그녀는 브론스키가 더 이상 막내딸을 쫓아다니지 않으면 어쩌나 노심초사했다. 게다가 요즘 젊은이들 사이에서 일고 있는 자유연애 바람도 그녀에게는 걱정거리였다. 또한 오늘 레빈이 갑자기 등장한 것도 그녀에게 새로운 불안감을 안겨주었다. 그가 갑자기 등장해서 다 되어가던 일을 망치지나 않을지 걱정이었다.

저녁 식사 뒤 키티는 야회복으로 갈아입으면서 거울을 들여다보았다. 자신의 아름다움이 유감없이 빛을 발하고 있었다. 그녀는 오늘 저녁 레빈과 만나면서 자신의 운명이 결정되리라고 직감하고 있었다. 사실 그녀는 레빈과 있을 때가 브론스키와 있을 때보다 마음이 편했다. 그를 생각하면 어린 시절의 추억, 죽은 오빠와 그가 나누었던 우정들이 떠올라 한층 따뜻한 감정에 젖어들었다. 그녀는 그가 자신을 사랑한다는 것을 확신하고 있었으며 그것이 더없이 기뻤다. 그녀는 레빈을 머리에 떠올리면 마음이 가벼웠다.

하지만 브론스키를 떠올리면 그렇지 않았다. 분명 그는 사교적이고 차분한 사람이었지만 그를 떠올리면 어색함이 느껴졌다. 마치 둘 사이에 뭔가 잘못된 것, 가식 같은 것이 존재하는 것 같았다. 그런데 그 어색함은 브론스키에게 있는 것이 아니었다. 그는 단순명료한 사람이었다. 그런 어색함은 바로 키티 자기 자신에게 있었다. 그녀는 레빈과 있을 때는 자신이 꾸밈없이 솔직해진다고 느끼고 있었다. 그런데 브론스키와 함께 할 미래를 상상하면 그녀 눈앞에 빛나는 행복한 전망이 펼쳐졌다. 그에 비하면 레빈과 함께 할 미래는 오리무중(五里霧中)일 뿐이었다.

키티가 거실로 내려가자마자 하인이 '콘스탄틴 드미트리치 레빈'이 왔다고 알렸다. 7시 반이었다. 공작 부인은 아직 방에

제1부

49

있었고 공작 역시 아직 방에서 나오지 않고 있었다.

레빈이 왔다는 말을 듣고 키티는 온몸의 피가 한꺼번에 심장으로 몰리는 것 같았다. 그가 이렇게 일찍 온 이유를 알 수 있기 때문이었다. 레빈은 키티가 홀에 혼자 있는 시간을 골라서 그녀에게 청혼하기 위해 일찍 온 것이 분명했다.

곧이어 레빈이 텅 빈 거실로 들어서며 키티에게 말했다.

"아무래도 제가 너무 일찍 온 것 같군요."

그는 텅 빈 거실을 둘러보며 자신이 바라던 대로 되었음을 확인하고 오히려 얼굴이 어두워졌다.

키티가 "아니에요"라고 말하며 탁자 앞 의자에 앉았다. 레빈은 선 채로 그녀를 외면하며 말했다. 그녀를 똑바로 보면 용기가 사라질 것 같아서였다.

"실은 당신이 혼자 있기를 바랐습니다. 제가 당신에게 말했지요. 제가 이곳에 오래 머물지 아닐지는 저도 모른다고……. 그건 당신에게 달려 있다고……."

키티는 고개를 숙였다. 그러자 레빈이 계속 말했다.

"그건 당신에게 달려 있습니다." 레빈이 되풀이했다. "말하자면…… 그러니까…… 그 때문에 제가 온 건데…… 제 아내가 되어주십시오!"

레빈은 자신이 무슨 말을 하고 있는지 모를 지경이었다. 하지만 무서운 말이 이미 입 밖으로 나왔음을 깨닫고 그는 말을 멈춘 채 그녀를 바라보았다.

그녀는 그를 바라보지 않은 채 무거운 한숨을 내쉬었다. 그녀는 환희를 느꼈다. 그녀의 영혼은 행복으로 가득 찼다. 그녀는 사랑 고백이 자신에게 이렇게 강한 감흥을 불러일으키리라고는 전혀 예상하지 못했다. 하지만 그 감정은 한순간일 뿐이었다. 그녀는 브론스키를 생각했다. 그녀는 맑은 눈을 들어 레빈의 절망에 찬 얼굴을 바라보면서 재빨리 말했다.

"그럴 수 없어요······. 용서해주세요."

레빈은 한순간에 그녀가 멀어지는 듯 느껴졌다.

"그럴 줄 알았습니다." 그는 그녀를 쳐다보지도 않고 말했다. 그는 그녀에게 몸을 굽혀 인사한 후 거실에서 나가려 했다.

바로 그때 공작 부인이 들어섰다. 레빈과 딸이 심각한 표정으로 단둘이 있는 것을 보고 그녀는 질겁했다. 레빈은 고개 숙여 인사를 했지만 키티는 말없이 눈을 내리 깔고 있었다.

'천만다행으로 거절했구나.'

분위기를 보고 순식간에 사태를 짐작한 그녀는 목요일에 손님을 맞을 때 짓는 의례적인 미소를 레빈에게 지어보였다. 그녀는 자리를 잡고 앉아 레빈에게 시골 생활에 대해 이것저것 물었다. 레빈은 사람들이 오면 눈에 띄지 않게 밖으로 나갈 생각으로 자리에 앉았다.

5분 뒤, 키티의 친구이자 지난겨울에 결혼한 노르드스톤 백작 부인이 도착했다. 마른 몸매에 피부가 누런, 병적이고 신경질적인 여자였다. 그녀는 자기 나름대로 우정이랍시고 키티가 브론스키와 결혼하기를 바라고 있었다.

레빈은 지난 초겨울 무렵 이 집에서 그녀를 자주 만났다. 그녀는 레빈을 좋아하지 않아서 대놓고 레빈을 조롱하곤 했다. 물론 레빈도 그녀를 싫어했다.

이번에도 그녀는 레빈을 보자 조롱부터 했다.

"아, 콘스탄틴 드미트리치! 어떻게 이 타락한 바빌론에 다시 오셨나요?"

그가 언젠가 모스크바를 바빌론이라고 빗대어 말한 것을 비꼰 것이다. 레빈도 지지 않고 대꾸했다.

"아, 제 말을 기억해주시다니 영광입니다. 아마, 제 말에 깊은 인상을 받으신 모양이로군요."

"당연하지요. 모든 걸 다 기록해 놓거든요. 그래, 키티, 또 스케이트를 탔니?"

그녀가 말머리를 돌렸고 두 친구는 이런저런 이야기를 나누기 시작했다.

순간 군복을 입은 사람 한 명이 귀부인을 앞세우고 거실로 들어섰다. 레빈은 그가 브론스키임을 단번에 알 수 있었다. 무엇보다 그를 보고 환해진 키티의 얼굴만 보아도 확실했다. 그리고 키티의 눈빛 하나만으로도 그녀가 그를 사랑하고 있음을 알 수 있었다.

'도대체 어떤 친구인가?'

레빈은 그가 어떤 사람인지 궁금해서 싫든 좋든 그 자리를 떠날 수 없었다. 키티가 사랑하는 남자가 누군지 알아야만 했다.

자신에게 패배를 안긴 경쟁자를 바라보는 사람의 마음은 딱 두 종류로 나뉜다. 그중 하나는 상대방의 장점을 몽땅 무시하고 단점만 보려하는 사람들이다. 반대로 가슴 쓰린 가운데, 경쟁자에게 승리를 안긴 장점이 무엇인가를 알아내려고 애쓰는 사람들도 있다. 레빈은 바로 후자에 속했다.

하지만 그렇게 애를 쓰고 볼 필요도 없었다. 한눈에도 브론스키의 장점과 매력은 훤히 드러났다. 브론스키는 떡 벌어진 체격에 갈색 피부였고, 대단한 미남이었으며 매우 침착하고 단호한 표정이었다. 한마디로, 그에게 잘 어울리는 군복까지 포함해서 그의 외양 전체가 단순하면서도 멋이 넘쳐흘렀다. 브론스키는 공작 부인에게 다가가 인사하고 키티에게로 가서 손에 입을 맞춘 뒤 자리를 잡고 앉았다. 그는 한시도 그에게서 눈을 떼지 않는 레빈에게는 눈길을 돌리지 않았다.

공작 부인이 둘을 소개했다.

"자, 인사하세요. 이쪽은 콘스탄틴 드미트리치 레빈이에요. 이쪽은 알렉세이 키릴로비치 브론스키 백작이고요."

브론스키가 자리에서 일어나며 레빈에게 말했다.

"그렇지 않아도 이번 겨울에 당신과 식사할 기회가 있었지요. 헌데 바로 시골로 떠나셨더군요."

"콘스탄틴 드미트리치는 도시와 도시 사람들을 경멸한답니다." 노르드스톤 백작 부인이 끼어들었다.

브론스키는 그녀와 그를 번갈아 쳐다보더니 레빈에게 정중하게 물었다.

"언제나 시골에서 지내시나요? 겨울에는 좀 지루하겠군요."

"일이 있는 한 지루할 리가 없지요."

레빈이 단호하게 말했다.

"저는 개인적으로 시골을 좋아합니다." 레빈의 말투에 담긴 뜻을 눈치채지 못한 듯 브론스키가 말을 이었다. "어머니와 함께 프랑스 니스에서 겨울을 보낸 적이 있었는데 정말 러시아 시골이 그립더군요. 니스는 정말 지루해요. 나폴리와 소렌토도 마찬가지고요. 잠깐 머문다면 모를까⋯⋯."

이어서 이런저런 대화가 이어졌으며 레빈은 그사이 브론스키와 키티가 끊임없이 눈길을 주고받는 것을 알 수 있었다. 그는 앉아 있기가 거북했다. 그는 모자를 집어 들고 나가려 했다.

그때 공작이 거실로 들어서며 부인들과 인사를 나눈 후 곧장 레빈에게로 왔다.

그가 즐거운 목소리로 레빈에게 말했다.

"아, 온 지 오래 되었나? 나는 자네가 모스크바에 있는 줄도 몰랐어. 당신을 만나서 정말 반갑소."

공작은 레빈을 때로는 자네라고 낮춰 부르기도 했고 때로는 당신이라고 높이기도 했다. 레빈을 껴안고 그와 반갑게 인사한 뒤 공작은 브론스키의 인사를 받았다. 하지만 공작의 표정과 태도는 쌀쌀했다.

브론스키는 공작과 인사를 나눈 뒤 노르드스톤 백작 부인과 다음 주에 열릴 성대한 무도회에 대해 이야기를 나누었다. 브론스키가 키티에게 물었다.

"당신도 참석하실 거지요?"

공작이 거실에서 나가자 레빈도 남의 눈에 띄지 않게 밖으로
나갔다. 그에게는 브론스키의 질문에 대답하며 행복한 웃음을
짓던 키티의 모습이 마지막 짙은 인상으로 남았다.

제6장

사실 브론스키는 진정한 가정생활을 해본 적이 없는 사람이 었다. 그의 어머니는 처녀 시절부터 사교계의 꽃으로 유명했으며 결혼 후에도, 특히 결혼이 종지부를 찍은 후에는 모든 사람들이 다 아는 염문을 뿌리고 다녔다. 그는 아버지를 거의 기억하지 못했으며 황실과 연계된 엘리트 사관학교에서 교육을 받았다. 그는 사관학교를 졸업하자마자 곧바로 장교 계급장을 달고 페테르부르크의 부유한 무관 서클에 입문했다. 그는 페테르부르크의 사교계에도 이따금 드나들었지만 그의 연애는 대개 사교계 밖의 여자들과 이루어졌다.

페테르부르크에서 사치하면서도 다소 추잡한 생활을 하던 그에게 모스크바 경험은 신선한 충격이었다. 그는 처음으로 자기와 비슷한 계층에 속하는 상냥하고 순수한 아가씨와 가까이 지내는 매력을 맛볼 수 있게 된 것이다. 그 아가씨가 바로 키티였다. 게다가 그녀는 자기를 좋아했다.

그는 무도회에서는 늘 그녀와 춤을 추었고, 그녀의 집에 뻔질나게 드나들었다. 그는 그녀가 점점 더 자신에게 의지한다는 것을 느꼈고 그럴수록 그의 마음은 즐거웠으며 그녀를 향한 그의 마음도 부드러워졌다. 하지만 그가 한 가지 자각하지 못하고 있는 사실이 있었다. 자기가 키티에게 하는 행동이 결혼할 의향이 없는 남자가 여자를 유혹할 때 하는 전형적 행동이라는 것, 그 행동은 그처럼 젊고 멋진 사람들이 부지불식간에 자주 저지르는 사악한 행동이라는 것을 자각하지 못하고 있었다.

그에게 결혼 생활은 단 한 번도 현실성 있게 다가온 적이 없었다. 그는 가정생활이라는 것을 좋아하지 않았을 뿐 아니라, 그가 속한 독신자 세계의 관점에서 볼 때 남편이라는 존재는 뭔가 낯설고 혐오스러우며, 무엇보다 우스꽝스러운 존재였다. 물론 그는 자신과 키티를 맺어주는 신비스러운 끈이 더욱더 긴밀해지는 것을 느끼고 뭔가 한 발자국 더 내딛겠다는 결심을 할 필요가 있다고 생각했다. 하지만 도대체 그게 무엇인지는 상상조차 할 수 없었다.

그는 그날 셰르바츠키가에서 돌아오면서 더 이상 골치 아픈 생각은 접어두었다. '그래, 그녀가 나를 점점 더 좋아하고, 그걸로 된 거 아니야? 그건 좋은 거잖아'라고 그는 생각했다.

브론스키는 다음 날 오전 11시에 역으로 어머니를 마중 나갔다. 그가 역에서 제일 먼저 만난 사람은 누이동생 안나를 마중하러 나온 스테판 오블론스키였다. 브론스키를 본 오블론스키가 소리쳤다.

"아, 백작나리! 누굴 마중 나오셨나?"

"어머니를 마중 나왔어. 페테르부르크에서 오시는 길이야."

"그런데 어제 어디 갔던 거야? 클럽에서 새벽 2시까지 기다렸는데……."

"숙소로 갔어. 셰르바츠키 댁에서 어찌나 기분 좋게 지냈는지 아무 데도 가고 싶지 않더라고. 그건 그렇고 자네는 누구를 마중 나온 건가?"

"응, 아주 아름다운 여인을 마중 나왔지."

"정말?"

"'그런 걸 이상하게 생각하는 자여, 창피한 줄 알지어다!' 실은 내 누이동생 안나를 마중 나온 거야."

"아, 카레니나 부인?"

"자네 내 누이를 아는 모양이로군. 그래, 내 매제를 알 테니까 당연하지. 알렉세이 알렉산드로비치 카레닌 말일세. 워낙 유명하잖아. 그건 그렇고 자네 어제 내 친구 레빈을 만났지?"

"응, 만났어. 그런데 일찍 떠나버리더군."

그들이 이야기를 나누는 동안 기차가 다가옴에 따라 역은 점점 더 부산해졌다. 오블론스키가 레빈 이야기를 계속했다.

"안 됐어. 그 친구 어제 대단히 불행했을 거야."

브론스키가 친구에게 단도직입적으로 물었다.

"무슨 소리야? 그 친구가 어제 자네 처제에게 청혼이라도 했단 말인가?"

"아마도 그랬을걸. 자리를 일찍 뜬 걸 보면 잘 되지는 않은 모양이지."

"그랬었군! 하지만 그녀에게는 좀 더 나은 상대도 많을 텐데!" 그 말을 하면서 브론스키는 가슴을 쫙 폈다. "아, 기차가 들어오는군."

브론스키는 객차 안으로 올라서려고 발판에 발을 얹었다. 그때 한 귀부인이 기차에서 내리려는 깃을 보고 그는 길을 비켜

주었다. 그녀가 기차에서 내리자 그는 객차 안으로 들어가려 했다. 하지만 그는 자신도 모르게 뒤를 돌아다보았다. 그녀가 그의 옆을 지날 때 그 매력적인 얼굴에서 뭔가 특별한 상냥함과 부드러움이 느껴졌던 것이다.

그가 고개를 돌렸을 때 그녀도 우연히 고개를 돌렸기에 둘의 눈이 마주쳤다. 짙은 속눈썹 때문에 검게 보이는 회색 눈동자가, 마치 그를 알아보는 듯 다정하게 반짝이더니 곧 누군가를 찾는 듯 시선을 돌렸다.

아주 짧은 순간 시선을 나누었을 뿐이었지만 브론스키는 그녀의 얼굴 전체에서, 그녀의 반짝이는 두 눈 사이에서, 그녀의 붉은 입술에 떠오른 미소에서, 그 무언가 억눌린 열정 같은 것을 느꼈다.

브론스키는 객차 안으로 들어가 어머니를 만났다. 깡마른 백작 부인은 아들을 보자 얇은 입술에 웃음을 띠며 아들의 이마에 입을 맞추었다. 아들이 어머니에게 말했다.

"여행 잘 하셨어요, 어머니?"

그 말을 하면서도 브론스키는 자신도 모르게 객차 문 뒤에서 들리는 목소리에 귀를 기울이고 있었다. 분명히 좀 전에 마주쳤던 귀부인의 목소리였다.

"이반 페트로비치, 이곳에 오라버니가 와 있는지 좀 찾아봐 줄래요?"

말을 마친 부인이 다시 객차로 들어서자 브론스키 백작 부인이 그 부인에게 물었다.

"그래, 오라버니를 찾았나요?"

브론스키는 그제야 그녀가 바로 안나 카레니나임을 알 수 있었다. 그는 냉큼 자리에서 일어나며 그녀에게 말했다.

"부인의 오라버니는 이곳에 있습니다. 죄송합니다, 미처 알아 뵙지 못해서……. 부인을 만날 기회가 많지 않아서……. 아마 저를 기억하지 못하실 테지요?"

"아, 아니에요. 제가 먼저 알아봤어야 했는데……. 저랑 당신 어머니는 여행 내내 당신 이야기만 했어요. 그런데 제 오라버니는 뭘 하고 아직 나타나지 않는 거지요?"

"알렉세이, 네가 좀 불러오렴."

브론스키는 플랫폼으로 나가 큰 소리로 외쳤다.

"어이, 오블론스키, 여기야, 여기!"

안나 카레니나는 오빠가 올라올 때까지 기다리지 않았다. 그녀는 오빠의 모습을 발견하자마자 플랫폼으로 뛰어내리더니 오빠를 껴안았다.

"정말 매력적이지 않니?" 백작 부인이 말했다. "오는 동안 정말 많은 이야기를 했단다."

오빠를 만난 안나 카레니나는 백작 부인과 작별 인사를 나누기 위해 다시 객차로 들어왔다. 카레니나는 백작 부인과 브론스키에게 나중에 뵙자고 인사한 뒤 다시 객차에서 나갔다. 이어서 백작 부인과 함께 온 시종이 출발 준비가 다 되었다고 와서 알리자 백작 부인도 자리에서 일어났다.

그들이 기차에서 내리려 할 때였다. 갑자기 몇 사람이 공포에 질린 얼굴로 옆을 지나쳐 뛰어갔다. 사람들 사이에는 모자를 쓴 역장도 있었다. 뭔가 심상찮은 일이 벌어진 게 틀림없었다.

브론스키와 오블론스키는 무슨 일인지 궁금해서 사람들 뒤를 따랐다.

"무슨 일이야? 어디서……? 뭐, 기차에 깔렸다고?"

사람들이 웅성거리고 있었다. 역무원 한 사람이 술에 취했거나, 아니면 옷을 너무 껴입어서 기차 소리를 듣지 못해서 기차에 치어 죽은 것이다. 오블론스키와 브론스키는 훼손된 시신을 직접 볼 수 있었다. 하얗게 질린 오블론스키는 마치 금세 울음이라도 터뜨릴 것 같은 표정이었다. 브론스키는 아무 말이 없었다. 그의 잘생긴 얼굴은 진지한 표정을 짓고 있었지만 대체

제1부

63

로 평온했다.

한 여자가 시체 위에 쓰러져 통곡하고 있었다. 사고를 당한 역무원의 아내였다. 누군가 혀를 쯧쯧 차며 말했다.

"정말 딱하게 됐어. 저 사람 혼자 수많은 식솔들을 먹여 살렸다는데……. 이제 어떻게 한담."

"뭔가 저 여자를 위해 할 일이 없을까요?"

어느새 객차에서 내려와 그들 옆으로 온 안나가 흥분한 목소리로 말했다. 브론스키는 그녀를 흘낏 쳐다보더니 어디론가 사라졌다.

몇 분 후 그가 돌아오자 그들은 함께 역 밖으로 나갔다. 그들이 출구 근처에 이르렀을 때였다. 역장이 브론스키 옆으로 오더니 말했다.

"나리, 나리가 제 조수에게 200루블을 주셨다지요. 실례지만 누구 앞으로 주시는 건지 말씀해주셨으면……."

"과부에게 주시오." 브론스키가 어깨를 으쓱하며 말했다. "아니, 그걸 꼭 물어봐야 압니까?"

그 말과 함께 그는 마차에 오르더니 오블론스키와 카레니나에게 인사를 하고 먼저 출발했다.

곧이어 오블론스키와 카레니나도 마차에 올랐다. 오블론스

키는 마차에 오르고 있는 누이동생의 입술이 파르르 떨리고 있
는 것을 보았다. 그가 누이동생에게 물었다.

"무슨 일이니, 안나?"

"불길한 조짐이에요."

"무슨 이상한 소리를 하고 있는 거니? 암튼 네가 와서 정말
다행이다. 정말 너한테 기대가 커."

하지만 안나는 여전히 동문서답이었다.

"오빠, 브론스키를 안 지 오래 됐어요?"

"응, 다들 키티와 결혼하길 바라고 있지."

"그래요? 자, 이제 오빠 이야기를 하지요." 그녀는 마치 뭔가
방해되는 것을 털어내듯 고개를 흔들며 말했다. 오블론스키는
집으로 오는 동안 누이동생에게 자신과 아내 사이의 불화에 대
해 낱낱이 이야기했다. 집에 다다르자 오블론스키는 여동생을
마차에서 내려준 뒤 관청으로 향했다.

제7장

안나가 방에 들어섰을 때 돌리는 작은 거실에 앉아 벌써 아버지를 닮은 티가 역력한 아들 그리샤에게 프랑스어 읽기를 가르치고 있었다. 안나를 보자 그녀가 반색하며 외쳤다.

"어머, 벌써 왔어요?"

"언니, 정말 반가워요!"

돌리는 안나의 얼굴을 유심히 바라보았다. 그녀가 사실을 알고 있는지 살피기 위해서였다.

"어머, 그리샤! 정말 많이 컸네!"

안나는 돌리에게서 시선을 돌리지 않은 채 아이를 포옹했다. 이어서 그녀는 방으로 뛰어 들어오는 여자아이에게로 몸을 돌리며 또다시 외쳤다.

"어머, 너 타냐지? 우리 세료자하고 여덟 살 동갑이지?"

이어서 안나는 돌리와 함께, 자고 있는 아이들을 둘러보았다. 돌리는 안나가 아이들 이름과 나이는 물론이고 아이들 성격뿐 아니라, 아이들이 어떤 병을 앓았는지도 정확히 기억하는 것을 보고 감동했다.

아이들을 둘러본 후 둘은 커피를 앞에 두고 거실 탁자에 마주 앉았다. 안나가 먼저 입을 열었다.

"언니, 오빠에게 들었어요. 난 오빠를 위로할 생각은 전혀 없어요. 언니가 안됐어요. 정말 이 노릇을 어쩌지요?"

자신을 위로하는 상투적인 말이나 듣겠거니 생각하고 있던 돌리는 안나의 눈에 눈물이 비치는 것을 보고 깜짝 놀랐다. 안나는 올케에게 바싹 다가앉으며 그녀의 두 손을 잡았다.

"나를 위로할 생각 말아요. 다 끝났어요. 이제 아무것도 남지 않았어요."

돌리가 한숨을 내쉬며 대답했다.

"하지만 언니, 어떻게 하는 게 최선일까, 이런 최악의 상황에서는 어떻게 행동해야 할까, 그걸 생각해야 해요."

"모든 게 다 끝났다니까요. 아가씨도 알겠지만 정말 끔찍한 건 그 사람을 버릴 수 없다는 거예요. 아이들 때문이에요. 하지만 그 사람과는 함께 살 수 없어요. 그 사람을 보기만 해도 끔찍해요."

"언니, 난 언니 맘을 다 이해해요. 하지만 언니, 난 오빠도 잘 알아요. 오빠는 지금 후회하고 있어요."

"그 사람이? 그 사람은 절대로 뉘우칠 사람이 아니에요." 돌리는 기어코 울음을 터뜨렸다. 그녀가 계속 하소연했다. "아가씨, 그녀는 젊고 아름다워요. 한때는 나도 그랬지요. 내 젊음과 아름다움을 누가 빼앗아 갔나요? 바로 그 사람하고 아이들이에요. 그런데……, 그런데……, 그 봉사와 고통에 대한 대가가 겨우……."

갑자기 그녀의 눈에 증오가 떠올랐다.

"그래요, 이제 내게는 애정과 상냥함 대신 증오밖에 남은 게 없어요. 증오와 분노! 그 사실이 정말 끔찍해요. 난 그 사람을 죽여버리고 싶을 정도예요!"

안나는 무슨 말을 해줘야 할지 모를 지경이었다. 하지만 마음만은 올케의 말 한 마디 한 마디, 표정 하나하나에 공감하고 있었다. 그녀가 말했다.

"언니, 한마디는 해줄 수 있어요. 정말로 나는 오빠 성격을 잘 알아요. 오빠는 모든 것을 잘 잊어버리는 재주가 있어요. 어딘가에 쉽게 푹 빠지기도 잘 하고요. 하지만 그런 후에는 자기 잘못을 정말로 뼈저리게 뉘우치기도 잘 해요. 오빠는 지금 자기가 어떻게 그럴 수 있었는지 스스로 믿지도, 이해하지도 못하고 있어요."

"그런 말 말아요. 그 사람은 자기가 무슨 짓을 했는지 빤히 알고 있어요!"

"잠깐, 언니! 내가 고백할 게 있어요. 오빠 이야기를 들었을 때 솔직히 나는 언니가 얼마나 어려운 처지에 있는지 생각하지 못했어요. 하지만 언니와 이야기를 나누고 나니 같은 여자로서 언니가 얼마나 불쌍한지 모르겠어요. 이루 말로 표현할 수 없을 정도예요. 하지만…… 하지만…… 언니에게 정말 물어보고 싶은 게 있어요. 언니, 오빠에 대한 애정이 아직 남아 있어요? 그건 언니만이 알겠지요. 만일 그렇다면 오빠를 용서해줘요. 언니, 난 언니보다 세상을 잘 알아요. 오빠 같은 사람들이 어떤 사람인지도 잘 알아요. 그런 사람들은 부정을 저지르더라도 자신의 가정과 아내는 신성하게 여겨요. 자신을 유혹한 여자들을 경멸하고 절대로 가정과 뒤섞지 않아요. 그 사이에 도저히 넘을 수 없는 경계선을 그어놓는 거지요."

"하지만 그 여자와 키스를 하고……."

"언니, 그건 다 일시적인 거예요. 언니, 오빠가 언니를 얼마나 숭배하는지 알아요? 말끝마다 '돌리는 정말 놀라운 여자야'라고 말하곤 했어요. 그게 오빠의 진심이에요."

"아가씨에게 이런 일이 일어나면 용서하겠어요?"

"모르겠어요. 그래요, 난 용서할 거예요."

돌리는 안나에게 묵을 방을 보여주겠다며 자리에서 일어났다. 안나가 일어나자 돌리는 안나를 껴안으며 말했다.

"아가씨가 와서 얼마나 기쁜지 모르겠어요. 기분이 좋아졌어요. 정말로 훨씬 더……."

그날 저녁 식사 내내 오블론스키 부부 사이는 여전히 서먹서먹했지만 돌리의 말투는 훨씬 부드러워져 있었다. 저녁 식사가 끝났을 무렵 키티가 찾아왔다. 키티는 안나에 대해 말로만 들었을 뿐 자세히 알지는 못했다. 안나는 키티의 젊음과 아름다움에 매혹되었다.

키티도 안나가 좋았다. 키티에게 안나는 사교계에서 명성을 떨치고 있는 여자로 보이지도 않았고, 여덟 살짜리 아들을 둔 여자로도 보이지 않았다. 그 유연한 몸짓, 싱싱하고 생기가 도는 얼굴, 미소와 시선들은 마치 그녀를 스무 살 먹은 여자처럼 보이게 만들었다.

식사 후 돌리가 자기 방으로 가자 안나가 오블론스키에게 눈짓을 했고 오블론스키는 얼른 자리에서 일어나 뒤를 따라갔다. 안나는 아이들에게 둘러싸인 채 키티에게 물었다.

"다음 무도회가 언제 열리지요?"

"다음 주 보브리셰프가에서 열려요. 멋진 무도회예요. 무도회 내내 즐겁기만 한 그런 무도회예요."

"아, 아가씨는 정말 한창 때로군요. 내게는 이제 그렇게 즐거운 무도회란 없는데……."

"무도회에 오실 건가요?"

"아마, 가야 할 것 같아요. 참, 아가씨가 요즘 희망에 부풀어 있다는 것도 알아요. 오빠가 이야기해주었어요. 게다가 그 사람을 오늘 역에서 만났어요. 정말 멋진 분이던데요."

"아니, 그분이 오늘 역에 갔었어요?" 키티가 얼굴을 붉히며 물었다. "그런데 형부가 뭐라고 하시던가요?"

"몽땅 다 이야기해주었어요. 오빠 말대로 되면 좋겠어요. 게다가 기차 여행을 같이 한 브론스키 백작 부인도 쉬지 않고 아들 이야기를 했어요. 그녀가 가장 아끼는 아들이라며 자식 자랑을 막 했어요……. 재산을 형에게 물려주려고도 했고 어릴

때는 물에 빠진 여자를 구해주기도 했대요. 한마디로 영웅이라
고 했어요."

안나는 브론스키 이야기를 하면서 내내 미소를 지었다. 그녀
는 그가 기차역에서 적선한 200루블도 머리에 떠올렸다.

제8장

키티와 그녀의 어머니가 붉은 옷을 입은 시종들과 꽃들이 늘어서 있는 계단을 오를 때 무도회는 막 시작된 참이었다. 그녀는 눈이 부시게 아름다웠다. 그녀 스스로도 자신의 아름다움을 의식하고 있었고, 그녀는 인생에서 가장 행복한 시간을 보내고 있었다.

그녀가 홀에 들어서자마자 무도회에서 가장 멋진 남자 중의 한 명인 코르순스키가 그녀에게 왈츠를 신청했다.

"당신과 왈츠를 추니까 정말 편하군요." 왈츠의 첫 스텝을 밟으며 그가 그녀에게 말했다. "정말 멋져요. 가볍고, 정확해요."

그는 춤 파트너에게는 늘 하는 말을 키티에게 했다.

칭찬을 듣고 그녀는 방긋 웃으며 파트너의 어깨 너머로 홀을 둘러보았다. 젊은이들 사이에 형부인 스티바가 있었고 검은 벨벳 드레스를 입은 안나의 아름다운 모습도 보였다. 그리고 '그'도 그 사이에 있었다. 레빈의 청혼을 물리친 이후 그녀는 그를 보지 못했다. 브론스키도 자신을 바라보고 있음을 그녀는 눈치챌 수 있었다.

왈츠가 끝나자 코르순스키가 한 곡 더 추자고 청했지만 키티는 정중히 거절한 후, 코르순스키의 안내로 안나가 있는 곳으로 갔다. 안나는 집주인과 이야기를 나누고 있다가 키티가 다가오자 다정한 미소를 지었다.

코르순스키가 안나에게 왈츠를 청했다. 하지만 그녀는 "저는 춤을 추지 않아도 될 때는 추지 않는답니다"라며 거절 의사를 밝혔다. 그때 그들 곁으로 브론스키가 다가왔다. 그러자 안나는 "지금은 추지 않으면 안 될 때 같아요"라고 코르순스키에게 말한 뒤, 브론스키의 인사를 무시하고 재빨리 코르순스키의 어깨에 두 팔을 얹었다.

'부인이 무엇 때문에 그에게 화가 난 걸까?'

안나가 고의로 브론스키의 인사를 무시하는 것을 눈치챈 키티는 의아하게 생각했다. 브론스키는 잠시 얼이 빠져 있다가 황망히 키티에게 왈츠를 청했다. 그런데 둘이 첫 스텝을 내딛자마자 갑자기 음악이 끊겼다.

키티는 코앞에 있는 연인의 얼굴을 바라보았다. 하지만 사랑에 가득 찬 자신의 시선, 그가 아무런 응대도 하지 않던 자신의 그 시선에 대해 그녀는 더없이 쓰린 수치심을 느꼈고, 그 수치심은 몇 년이 지난 뒤에도 사라지지 않고 그녀의 가슴을 찢어 놓았다.

왈츠가 끝나고 카드릴이 시작되었고 키티는 브론스키와 카드릴을 추었다. 카드릴을 추는 동안 브론스키는 말이 없었다. 하지만 키티는 내심 마주르카에 기대를 걸고 있었다. 마주르카를 추면서 그가 다시 다정한 눈길을 보내리라고 그녀는 기대하고 있었다. 다섯 명이 그녀에게 마주르카를 신청했지만 그녀는 선약이 있다며 모두 거절했다.

마지막 카드릴을 출 때까지 무도회의 모든 것이 그녀에게는 색채와 율동, 그리고 음악이 있는 꿈과 같았다. 하지만 마지막 카드릴을 출 때 그 꿈이 깨졌다.

그녀가 잠시 숨을 고르기 위해 쉬고 있을 때 어떤 따분한 청년이 그녀에게 카드릴을 청했다. 그녀는 거절하기 어려워 그와 함께 카드릴을 추었다. 그때 그녀는 둘이 함께 카드릴을 추고 있는 브론스키와 안나를 맞닥뜨리게 된 것이다.

그녀가 처음 발견한 것은 안나의 얼굴이었다. 키티는 무도회 시작 때 그녀를 만난 후 무도회 내내 그녀를 보지 못했다. 그런데 그렇게 갑자기 마주친 그녀의 얼굴은 이곳에서 처음 보았을 때의 그 얼굴이 아니었다. 그 얼굴은 완전히 새롭고 놀라운 얼굴이었다.

키티는 그녀의 얼굴에서 키티 자신이 경험을 해서 잘 알고 있는 표정, 즉 무언가 쟁취한 뒤 흥분해 있는 표정을 볼 수 있었다. 그녀가 보기에 안나는 그 무언가에 도취해 있었다. 키티는 빛을 발하듯 반짝이며 떨리는 그 시선이, 행복과 열에 들뜬 반쯤 벌린 입에 떠오른 그 미소가, 그 우아하고 조화로운 몸짓이 무엇을 의미하는지 잘 알고 있었다.

'그녀를 저렇게 열광에 빠뜨린 것은 그녀를 향한 뭇사람들의 찬탄이 아니야. 단 한 사람이 그녀를 찬탄할 때 저렇게 될 수 있는 거야. 누구일까?'

그녀는 내심 스스로 누구인지 궁금해하는 척했지만 실은 상대방이 누구인지 이미 알고 있었다. 그녀는 고개를 들어 그를 바라보았다. 그리고 공포에 사로잡혔다.

안나의 얼굴에서 그녀가 알아본 그 표징이 그에게도 그대로 나타나 있었던 것이다. 언제나 침착하고 단호하던 표정, 무심한 듯하던 표정은 도대체 어디로 간 것일까? 그는 안나에게 말을 걸 때마다 마치 쓰러질 듯 몸을 기울였다. 그런 그의 눈빛에는 오로지 순종이, 상대방의 기분을 상하게 하면 어쩌나 하는 두려움만이 들어 있었다. 키티가 전에는 전혀 볼 수 없었던 표정이었다.

이제 이 무도회 전체가, 세상 전체가 키티의 마음속에서 차가운 안개로 뒤덮였다. 그녀는 응접실 한구석으로 가서 무너지듯 의자에 주저앉았다.

"키티, 어떻게 된 거야?" 노르드스톤 백작 부인이 소리 없이 그녀 곁으로 다가와 말했다. "마주르카, 안 출 거야?"

"안 춰." 키티가 떨리는 목소리로 말했다.

브론스키와 안나는 그녀의 눈앞에서 계속 춤을 추었다. 그들을 바라보면 바라볼수록 키티는 점점 더 불행해졌다. 키티는 검은 옷을 입은 이 매력적인 여인에게서 한시도 눈을 뗄 수가 없었다.

팔찌를 낀 풍만한 팔, 진주 목걸이를 한 매끄러운 목, 머리카락, 작은 손발의 가벼운 움직임, 생동감이 넘치는 얼굴, 이 모든 것이 더없이 매력적이었다.

하지만 그녀의 매력에는 섬뜩하고 불길한 그 무엇인가가 들어 있었다.

제9장

'그래, 나한테는 사람들을 밀어내는 어딘가 혐오스러운 부분이 있어.'

레빈은 셰르바츠키가에서 나오며 생각했다. 그는 브론스키를 떠올렸다. 그는 행복했고 상냥하며 침착했고 영리했다.

'그래, 그녀에게는 그가 어울려. 그 무엇도, 그 누구도 탓할 필요가 없어. 다 내 탓인걸.'

갑자기 그에게 형 니콜라이가 떠올랐다.

'세상이 온통 추하다는 형 말이 맞을지도 몰라. 우리가 형을 제대로 보려 하지 않았고 지금도 그런지 몰라.'

레빈은 가로등 가까이 다가가 지갑에 넣어두었던 형 주소가 적힌 쪽지를 꺼냈다. 그는 형의 주소를 들여다본 후 삯마차를 불러 세웠다.

　형의 집으로 향하면서 레빈은 형이 이제까지 해왔던 행동들을 반추해보았다. 니콜라이는 대학 다닐 때부터 수도승처럼 지냈다. 그는 친구들의 조롱에도 불구하고 모든 종교 제의와 금식을 엄격히 지켰으며 모든 쾌락을 멀리했으며 특히 여자를 피했다. 그러더니 대학 졸업 1년 뒤 갑자기 사람이 바뀌어 추잡한 사람들과 가까이 지내며 방탕에 빠져들었다. 한 소년을 흠씬 두들겨 팬 적도 있었으며 도박판에서 돈을 잃고 어음을 써준 적도 있었고 폭력으로 유치장에 갇힌 적도 있었다. 게다가 어머니 재산 가운데 자기 몫을 큰 형이 가로챘다며 형을 고소하기도 했고, 직장 상사를 구타해서 재판에 회부되기도 했다.

　레빈은 형 니콜라이의 그 모든 추악한 행동을 다시 떠올렸다. 그러나 왠지 그 행동들이 추악하게 여겨지지 않았다. 다만 니콜라이 레빈을 모르는 사람들, 형의 마음을 모르는 사람들에게만 추악하게 보일 뿐이라는 생각이 들었다.

　그가 니콜라이가 묵고 있는 호텔에 도착했을 때는 이미 밤 11시 반이었다. 레빈은 수위에게 형이 묵고 있는 방의 호수를 물었다.

　"위층, 12호실과 13호실입니다."

호텔 수위가 대답했다. 레빈은 위층으로 올라갔다.

12호실은 열려 있었다. 안으로 들어가니 니콜라이 형 외에 젊은 남자 한 명과 여자 한 명이 있었다. 니콜라이는 삼 년 전 마지막으로 보았을 때보다 더 야위어 있었다. 동생을 알아보고 그의 눈은 순간적으로 반가운 빛을 띠었다. 하지만 니콜라이는 곧 사나운 표정을 지으며 말했다.

"너하고 세르게이에게 내가 썼을 텐데. 난 너희들을 모르고 알고 싶지도 않다고. 도대체 왜 온 거야?"

"형, 무슨 특별한 용건이 있어서 온 건 아니야." 레빈이 수줍은 듯 말했다. "그냥 형이 보고 싶어서 온 거야."

동생의 말에 니콜라이의 마음이 좀 누그러진 것 같았다.

"그래, 잘 지내니? 어서 들어와. 저녁이나 먹자. 마샤, 저녁 3인분 준비해 와. 참, 이 사람들 모르겠구나. 소개해주지. 이 남자는 크리츠키라는 사람이야. 키예프에서부터 친구야. 경찰이 쫓고 있어. 불한당은 아니니까…… 그리고 이 여자는 마리야 니콜라예브나야. 내가 나쁜 곳에서 빼내주었지. 내 아내나 다름없어. 너, 형수로서 존경해줘야 한다. 자, 마샤, 어서 가서 저녁을 가져와."

이어서 니콜라이는 크리츠키와 새로운 조합 일을 할 것이다,

자본이 노동자를 착취하고 있으니 이런 사회 질서는 바뀌어야 한다는 등 길게 이야기를 계속했다. 콘스탄틴 레빈은 폐병 환자 같이 야윈 형의 얼굴을 바라보며 형이 너무 불쌍해서 그의 이야기가 귀에 들어오지 않았다.

얼마 후 마샤가 음식을 갖고 들어오자 크리츠키는 가봐야겠다며 자리에서 일어났고 니콜라이는 그를 배웅하러 나갔다. 레빈이 마샤에게 물었다.

"형과 함께 지낸 지 오래 됐어요?"

"좀 있으면 2년이에요. 형님 건강이 점점 안 좋아지고 있어서 걱정이에요."

"술을 많이 하나보지요?"

"너무 많이 마셔요." 여자가 흘끔흘끔 겁먹은 눈으로 문을 바라보며 대답했다.

곧이어 니콜라이가 들어왔고 저녁을 먹는다기보다는 술을 마시며 니콜라이는 사회제도가 얼마나 쓸모없는 것인지 장광설을 늘어놓았다. 이윽고 그의 혀가 꼬이기 시작했고 레빈은 마리야의 도움을 받아 고주망태가 된 그를 침대에 눕혔다.

레빈은 필요한 경우 편지를 쓰겠다는 약속을 마리야에게서 받아냈다. 그리고 니콜라이를 잘 설득해서 자신과 함께 지내게 해달라고 그녀에게 부탁했다.

　레빈은 다음 날 아침 곧바로 모스크바를 떠나서 저녁 무렵 집에 도착했다. 집으로 돌아가는 열차 안에서 그는 모스크바에 있는 동안 겪은 혼란, 자괴감, 그 무언지 알 수 없는 수치심에 사로잡혀 있었다. 그러나 역에 내려 자신을 마중 나온 애꾸눈 마부 이그나트와 말들을 보았을 때, 그리고 이그나트가 그사이 영지에서 있었던 소식을 전해주었을 때 혼란이 약간 사라지고 자괴감과 수치심도 어느 정도 가라앉았다.

　이어서 양털 외투를 입고 썰매 위에 올라탄 뒤 자기 눈앞에 산적해 있는 할 일들을 생각하자 그는 비로소 자기 자신으로 되돌아온 것 같았다. 그가 지금 원하는 것은 전보다 더 나은 사람이 되는 것, 오직 그것 하나뿐이었다.

　그는 이제부터 결혼 같은 것이 그에게 가져다줄 특별한 행복을 바라지 않고, 지금 현재 그가 누리고 있는 것을 경시하지 않기로 마음먹었다. 그리고 다시는 자신이 청혼할 때 사로잡혔던 정념에 빠지지 않기로 결심했다. 그리고 니콜라이 형을 떠올리며, 형이 어려워지면 언제고 형을 도울 수 있도록 신경을 쓰리라고 생각했다. 그리고 형과 공산주의에 대해 나눈 이야기를 다시 깊이 생각해보았다. 그는 사회 체제를 급속히 바꿔야 한다는 형의 의견에 동의하지는 않았지만 가난한 대중에 비해 자신이 누리고 있는 풍요가 정의롭지 않다고 생각했다. 실은 그는 늘 그런 느낌을 갖고 있었으며, 이제까지 검소하게 살았지만 앞으로도 더 검소하게 살겠다고 다짐했다. 그런 생각을 하며 그가 집에 도착했을 때는 밤 8시가 넘어 있었다.

유모 아가피야 미하일로브나의 방 창문에서는 아직 불빛이 흘러나오고 있었다. 그녀가 하인인 쿠지마를 깨우자 쿠지마는 아직 잠에 취한 채 맨발로 현관으로 뛰쳐나왔다. 사냥개 라스카도 뛰어나오더니 주인의 무릎에 엉겨 붙었다.

"일찍 돌아오셨네요, 나리." 유모가 말했다.

"모스크바는 끔찍해, 유모. 집이 최고야."

서재로 들어간 레빈은 오는 길에 마음속으로 그렸던 새로운 생활이 가능할까 하는 생각이 들었다. 서가의 사슴뿔, 난로, 거울, 부친이 쓰던 소파, 큰 책상, 책상 위의 책들과 깨진 재떨이, 아버지의 필적이 담긴 공책 등, 그가 영위하던 생활의 모든 흔적들이 마치 이렇게 말하는 것 같았다.

'안 돼. 넌 우리에게서 벗어나지 못해. 다른 사람이 되지 못하고 언제나 그랬듯 똑같은 사람일 뿐이야. 언제나 의심하고, 자신에게 영원히 만족하지 못하고, 개선하려고 헛고생을 하지만 결국 실패하고, 결코 주어질 수 없고 가능하지도 않은 행복을 영원히 갈구하면서.'

그는 과거의 물건들로부터 들려오는 그 목소리를 이겨내려는 듯, 아령 두 개를 집어 들었다.

제10장

무도회 다음 날 이른 아침, 안나는 그날로 모스크바를 떠나겠다는 전보를 남편에게 보냈다. 왜 그렇게 서둘러 떠나려느냐고 묻는 돌리에게 안나가 말했다.

"언니, 언니에게는 고백하고 싶어요."

돌리는 안나의 귀와 목덜미까지 빨개진 것을 보고 놀랐다.

"언니, 키티가 왜 식사하러 오지 않았는지 알아요? 나를 질투하는 거예요. 내가 망쳐놨어요. 나 때문에 키티에게 즐거워야할 무도회가 고통으로 바뀐 거예요. 하지만, 사실, 사실, 그건내 잘못이 아니에요. 잘못이 있더라도 아주 조금밖에 없을 거예요."

"어머, 꼭 스티바처럼 밀하네요." 돌리가 웃으며 말했다.

"아니에요. 난 오빠가 아니에요." 안나가 얼굴을 찌푸리며 말했다. "내가 언니에게 고백하는 건, 나 자신에게 조금도 의심을 품지 않기 위해서예요."

하지만 안나는 그 말을 하면서 거짓말을 하고 있다는 것을 스스로도 잘 알고 있었다. 그녀가 그토록 서둘러 떠나는 것은 자신이 의심스럽기 때문이었다. 브론스키 생각을 할 때마다 심적 동요가 인 때문이었다.

"그래요, 아가씨가 그 사람하고 마주르카를 추었다고 스티바가 말해주었어요. 그리고 그 사람이……."

"언니는 어쩌다 일이 그렇게 된 건지 상상도 못할 거예요. 나는 키티와 그 사람을 잘 맺어주려는 생각뿐이었는데…… 그런데 일이 갑자기 이상하게 돼버린 거예요. 내 생각과는 달리……. 하지만 이런 일은 곧 잊힐 거고, 키티도 나를 미워하지 않게 될 거예요."

"그렇다면 나도 솔직히 말해야겠어요. 나는 키티가 그 사람하고 결혼하지 않았으면 해요. 그 사람, 브론스키가 안나에게 한순간에 마음을 빼앗겼다면, 키티와도 쉽게 아무 일 없었던 것처럼 될 수 있잖아요."

"무슨 그런 바보 같은 소리를 해요."

안나는 그 말을 하면서 자기도 모르게 얼굴이 밝아졌다. 내심 품고 있던 생각을 돌리가 입으로 직접 말한 것이다. 안나가 계속 말했다.

"이런 식으로, 내가 좋아하는 키티를 적으로 만들고 떠나는 셈이네요. 언니, 언니가 잘 해결해줄 거죠?"

돌리는 안나와 작별의 포옹을 나누며 그녀에게 속삭였다.

"안나, 아가씨가 내게 준 도움을 나는 결코 잊지 않을 거예요. 잊지 말아요. 아가씨는 내 가장 좋은 친구이고, 앞으로도 영원히 그러리라는 것을. 아가씨는 나를 이해해줬고 나를 이해하고 있어요. 나는 언제나 아가씨 편이에요."

'자, 이제 모두 끝났어.'

객차 안에서 배웅 나온 오빠와 마지막으로 작별 인사를 하며 안나에게 제일 먼저 떠오른 생각은 바로 그것이었다. 안나는 하녀 안누시카 옆에 앉아 흐릿한 불빛이 밝혀진 침대칸을 둘러보며 생각했다.

'정말 다행이야. 내일이면 아들 세료자와 남편을 만날 거고, 내 생활은 이전처럼 그대로 잘 흘러가겠지.'

침대칸의 다른 승객들은 벌써 잠잘 준비를 하고 있었으며 안누시카도 꾸벅꾸벅 졸기 시작했다. 하지만 그녀는 잠이 오지 않았다. 그녀는 영국 소설을 꺼내어 읽기 시작했다. 처음에는 책이 잘 읽히지 않았지만 모두들 잠들고 주위가 조용해지자 그녀는 곧 책에 빠져들었다. 하지만 책의 내용에 쉽사리 동화될 수 없었다. 그녀는 책속에 나오는 주인공들의 삶을 그대로 따라 하고 싶었다. 하지만 그녀가 할 수 있는 일은 아무것도 없었다.

드디어 소설의 주인공이 남작의 지위와 영지를 획득하는 대목을 읽으면서 안나는 그와 함께 그 영지에 가고 싶었다. 그런데 문득 그런 자신이 부끄럽게 여겨졌다. 하지만 그녀는 곧 '무엇 때문에 내가 부끄러워야 하는 거지?'라고 자문했다. 그녀는 책을 내려놓고 의자 등받이에 몸을 기댔다. 부끄러워할 이유가 전혀 없었다.

그녀는 모스크바에서 있었던 일을 찬찬히 되새겨보았다. 모든 것이 좋았고 즐거웠다. 그녀는 무도회와 브론스키의 사랑에 빠진 그 순종적인 얼굴을 떠올렸고 자신이 그에게 했던 행동도 떠올렸다. 부끄러울 것은 아무것도 없었다. 그럼에도 불구하고 바로 그 순간 부끄럽다는 느낌이 더욱 강해졌다. 마치 브론스키를 생각하자 그녀의 내면의 목소리가 그녀에게 '따뜻해, 너무 따뜻해. 뜨거워'라고 말하는 것 같았다.

'그래서 어쨌다는 거지?' 그녀는 자세를 고쳐 앉으며 생각했다. '그래, 그게 뭘 뜻한다는 거야? 나하고 그 애송이 장교 사이에 뭔가 이상한 관계가 존재한다는 건가?'

그녀는 스스로를 비웃는 듯한 웃음을 흘리며 책을 집어 들었다. 하지만 책의 내용은 전혀 머리에 들어오지 않았다. 주변 모든 것이 혼미했고, 모든 것이 환상 같았다. 그녀는 끊임없이 '정말 내가 여기에 있는 것일까? 여기 있는 게 정말 나일까? 아니면 다른 사람일까?' 하는 환각에 시달리며 비몽사몽간을 헤매고 있었다.

그때 뭔가 삐걱거리는 소리가 나더니 무언가를 잡아 찢는 것 같은 소리가 들렸다. 곧이어 그녀의 눈앞에 붉은 불빛이 나타나 그녀의 시야를 흐려놓았다. 벽들이 벌떡 일어나 모든 것을 감춰버리는 것 같았다. 안나는 자신이 가라앉는 것만 같았다. 하지만 무섭지 않고 오히려 즐거웠다. 두꺼운 옷 위에 눈을 뒤집어 쓴 사람이 그녀의 귀에 뭐라고 외치고 있었다. 그녀는 몸을 일으키며 정신을 차렸다. 기차가 볼고로프 역에 도착했으며 소리친 사람은 차장이라는 것을 그녀는 알아차렸다. 그녀는 안누시카에게 목도리와 숄을 달라고 한 뒤, 그것들을 걸치고 문으로 향했다.

그녀는 문을 열었다. 눈보라가 사납게 몰려왔다. 그녀는 한 손으로 손잡이를 잡고 다른 손으로 옷을 여미며 플랫폼으로 내려갔다. 그녀는 차가운 눈 내리는 밤공기를 들이마시며 열차 옆에 서서 플랫폼과 불이 밝혀진 역사(驛舍)를 둘러보았다.

안나는 차가운 밤공기를 한껏 들이마신 후 다시 객차 안으로 들어가려 했다. 그때였다. 군복을 입은 한 사내의 그림자가 그녀 곁으로 다가왔다. 그녀는 고개를 돌려 바라보았다. 브론스키였다.

그는 모자챙에 손을 얹어 인사하더니 안나에게 뭐, 도와드릴 일은 없느냐고 물었다. 안나는 잠시 대답 없이 그를 바라보았다. 그는 어제처럼 그녀의 마음을 움직인 바로 그 표정, 공손하면서 감탄에 젖은 표정을 하고 있었다.

그가 이곳에 있는 이유는 물어볼 필요도 없었다. 그녀는 그 이유를 단번에 알아차렸다. 그는 그녀 곁에 있고 싶어 지금 이곳에 있었던 것이다.

"당신이 페테르부르크에 볼 일이 있는 줄은 몰랐네요. 무슨 일로 거기 가시는 거지요?"

그녀가 물었다. 그녀의 얼굴은 억제하기 힘든 기쁨으로 빛나고 있었다.

"제가 왜 거기 가느냐고요?" 그가 그녀의 얼굴을 똑바로 쳐다보며 말했다. "당신이 계신 곳에 있기 위해서입니다. 그러지 않을 도리가 없었습니다."

순간 바람이 불어와 열차 지붕의 눈을 흩뿌렸고 열차가 구슬프게 기적 소리를 냈다. 안나에게 눈보라가 이처럼 아름답게 느껴진 적은 없었다. 그녀의 이성이 두려워하던 말, 하지만 그녀의 마음이 듣고 싶어 하던 바로 그 말을 그녀는 들은 것이다.

그녀가 아무 말이 없자 브론스키가 공손하게 말했다.

"제 말이 불쾌했다면 용서하십시오."

그녀는 꽤 오랫동안 침묵을 지키다가 이윽고 입을 열었다.

"당신이 한 말은 옳지 않은 말이에요. 당신이 점잖은 사람이라면 당신이 한 말을 잊으세요. 저도 잊을 테니까요."

"잊지 않을 겁니다. 당신의 말 한 마디, 당신의 행동 한 가지도 잊을 수 없는 것과 마찬가지로……."

"됐어요, 됐다니까요!"

그녀가 소리쳤다. 하지만 아무리 엄한 표정을 지으려 해도 소용이 없었다. 이 짧은 대화가 그와 자신의 사이를 더욱 가깝게 만들었다는 것을 그녀는 직감적으로 느꼈다. 그리고 그 사실에 놀라면서도 행복했다.

그녀는 다시 객차로 돌아가 자리를 잡고 앉았다. 자신을 그토록 괴롭혔던 긴장이 더욱 팽팽해진 것 같았고, 어느 순간 끊어져버리지나 않을까 걱정될 정도였다. 그녀는 밤새 잠들지 못했다. 아침 무렵 그녀는 의자에 앉은 채 졸기 시작했고, 그녀가 깨어났을 때는 이미 날이 훤히 밝아 있었다. 기차는 페테르부르크에 거의 다 도착해 있었다. 그러자 갑자기 남편과 아들, 집에서 앞으로 해야 할 일들이 그녀에게 떠올랐다.

기차가 페테르부르크에 도착했다. 그녀가 기차에서 내리자마자 처음으로 발견한 것은 남편의 차가우면서 엄숙한 모습이었다. 남편의 모습을 보자마자 안나에게 제일 먼저 떠오른 것은 '아니, 저이의 귀는 왜 저렇게 생겼을까?'라는 생각이었다. 그녀는 남편의 완고하면서도 지친 듯한 시선과 마주치자 불쾌감이 솟았다. 그리고 그런 자신에 대해 스스로도 놀랐다.

'내가 남편에게서 무슨 다른 모습을 기대했단 말인가?'

그때 남편이 그녀를 맞으며 하는 말이 들렸다.

"이보오, 나는 마치 신혼 때처럼 당신에게 다정한 남편이야. 당신이 보고 싶어 애가 달았다니까."

그의 특유의 느리고 가는 목소리였으며 마치 자신의 진심을 조롱거리로 삼으려는 듯 약간의 농담기가 섞여 있었다.

브론스키도 열차 안에서 잠을 이루지 못했다. 그는 앞으로 어떤 일이 벌어질지 알 수도 없었고 알려고도 하지 않은 채 마냥 행복에 젖어 있었다. 그는 이제까지 방만하게 분산되어 있던 에너지가 한데 모여 엄청난 힘으로 한 곳을 향해 달려가게 된 것처럼 느끼고 있었다. 그 사실 자체가 그는 행복했다. 그가 아는 것이라고는 그녀에게 진실을 말했다는 것, 자기가 그녀에게 간다는 것, 이제 인생의 행복과 의미를 오직 그녀를 보고 듣는 데서 찾게 되었다는 것, 오로지 그것뿐이었다.

그는 기차가 볼고로프 역에 정차했을 때 물을 마시기 위해 밖으로 나갔다가 우연히 안나를 발견했다. 그리고 자신도 모르게 그녀에게 자신의 진심을 말해버렸다. 이제 그녀가 자신의 진심을 알고 자신을 대하리라는 것이 그는 기뻤다.

기차가 페테르부르크에 도착하고 기차에서 내렸을 때 그는 그녀의 남편을 보았다. 그제야 그는 그녀에게 남편이 있다는 사실을 분명하게 실감할 수 있었다.

안나의 남편 카레닌의 자신만만한 얼굴, 그가 쓴 둥근 모자와 약간 굽은 등을 보고 새삼 그의 존재를 깨달은 그는 불쾌감을 느꼈다. 마치 몹시 갈증에 시달리던 사람이 마침내 샘가에 이르렀을 때, 개나 양 같은 짐승들이 이미 샘물을 흐려놓은 것을 보고 느끼는 기분과 비슷했다. 특히 엉덩이를 씰룩이며 걷는 카레닌의 둔한 걸음걸이가 브론스키에게 혐오감을 주었다. 그는 다른 사람이 아닌 바로 자기 자신에게만 안나를 사랑할 권리가 있다고 확신했다. 그는 남편과 아내가 만나는 순간을 엿보았다. 그는 그녀가 남편과 대화하면서 뭔가 불편해한다는 것을 사랑에 빠진 사람의 예리한 촉각으로 알아차릴 수 있었다.

'그래, 그녀는 남편을 사랑하지 않아. 그리고 사랑할 수도 없어'라고 그는 스스로 판단했다.

브론스키는 그들에게 다가가 인사했다. 안나가 재빨리 브론스키를 남편에게 소개했다.

"브론스키 백작이에요."

"아, 언젠가 만난 적이 있는 것 같군." 알렉세이 카레닌이 냉담하게 말했다. 그러고는 마치 브론스키에게 어서 눈앞에서 사라지라는 신호를 보내듯 모자에 손을 댔다. 그러자 브론스키가 재빨리 안나에게 말했다.

"댁을 방문하는 영광을 베풀어주실 수 있겠습니까?"

카레닌은 따분하다는 듯 브론스키를 바라보며 차갑게 대답했다.

"우리 집은 월요일마다 손님을 맞고 있소."

제1부

95

그런 후 그는 브론스키에게는 눈길도 주지 않은 채 아내의 손을 잡고 그녀를 대기하고 있던 마차에 태웠다. 아내를 태운 마차가 떠난 후 카레닌은 다른 마차에 올라 집무실로 향했다.

제11장

집에서 안나를 처음 맞은 사람은 아들 세료자였다. 여덟 살 먹은 아들은 환호성을 지르며 계단을 마구 뛰어내려와 엄마 목에 매달렸다. 아들의 모습을 보자 안나는 남편을 만났을 때 느꼈던 실망감을 또다시 맛보았다. 그녀는 실제의 아들보다 훨씬 나은 모습을 상상하고 있었던 것이다. 아들을 있는 그대로 받아들이려면 환상세계에서 현실세계로 내려와야만 했다. 하지만 있는 그대로의 아들도 충분히 아름다웠다. 그녀는 돌리의 아이들이 보내준 선물을 꺼내어 아들에게 주었다.

그때 리디야 이바노브나 백작 부인이 찾아왔다고 하인이 알렸다. 그녀가 이런저런 사교계 이야기를 하고 돌아가자 이번에는 국장의 아내이자 안나의 친구인 여자가 찾아와서 갖가지 소식들을 알려주었다. 그녀가 돌아간 후 안나는 자신의 물건들을 정리하고 책상에 수북이 쌓인 편지와 메모를 읽으며 시간을 보냈다. 그러는 사이, 돌아오는 동안 그녀를 사로잡고 있던 이유 없는 부끄러움과 동요는 깨끗이 사라졌다. 익숙한 생활환경 속에서 그녀는 자신이 다시 강해지고 결백해졌다고 느꼈다.

그녀는 마음이 한결 가벼워졌다. 기차역에서 그토록 심각해 보였던 일들이 사교계에서 흔히 볼 수 있는 하찮은 사건일 뿐이라고 그녀는 생각했다. 그녀는 그 일이 그 누구에게도, 또한 자신에게도 전혀 부끄러운 일이 아니라고 생각했다. 그날 밤 옷을 벗고 잠자리에 들 때, 안나가 모스크바에 머무는 동안 그 눈과 미소에서 번뜩이던 생기발랄함이 그녀에게서 자취를 감추어버렸다. 마치 그 불꽃은 그녀 안에서 꺼져버렸거나 멀리 어디론가 숨어버린 것 같았다.

브론스키는 페테르부르크를 떠나면서 모르스카야 거리에 있는 자신의 넓은 아파트를 친구인 페트리츠키에게 빌려주었었다. 그가 페테르부르크 역을 떠나 그곳에 도착했을 때는 11시가 넘어 있었다. 그가 방으로 들어가니 페트리츠키의 여자 친구인 쉴톤 남작 부인이 커피를 끓이고 있었다. 그리고 페트리츠키와 경기병대에 근무하는 정장차림의 카메롭스키 대위가 그녀를 둘러싸고 있었다.

브론스키의 모습을 보자 페트리츠키가 "브라보, 브론스키! 드디어 주인이 나타나셨군!"이라고 외쳤다. 이어서 그는 남작 부인을 가리키며 브론스키에게 말했다.

"서로 아는 사이지?"

"그럼, 오랜 친구야."

이윽고 그들은 커피를 마시며 이런저런 이야기를 나누었다. 브론스키는 남작 부인의 재담에 맞장구를 쳐주며 이런 여자들을 상대할 때의 말투를 썼다. 그들 같은 사람들에게 이 세상 사람들은 완전히 두 부류로 나뉠 수 있었다. 그중 하나는 낮은 부류로서 그들이 보기에 천박하고 멍청하고 무엇보다 우스꽝스러운 사람들이었다. 그들은 남편이란 오로지 결혼한 아내 한 사람과만 살아야 한다고 믿었고, 처녀는 순결하고 부인은 정숙해야 한다고 믿었다. 게다가 자식을 양육하고, 빵을 벌고, 빚은 갚아야만 한다는 등 온갖 멍청한 짓을 하는 부류였다. 다른 부류는 바로 자신들이 속해 있는 부류로서 그들이 보기에 진짜 삶을 사는 사람들이었다. 그들은 우아하고 관대하며 담대하고 명랑하며, 그 어떤 정념에도 얼굴을 붉히지 않으며 나머지 것들은 모두 비웃어버리는 사람들이었다.

모스크바라는 전혀 다른 환경의 물을 잠시 먹은 브론스키는 순간적으로 이 분위기가 낯설었다. 하지만 말 그대로 순간일 뿐이었다. 그는 마치 오랫동안 익숙해진 신발을 신 듯 이전의 쾌활하고 즐거운 세계로 되돌아왔다.

그들에게서 이런저런 이야기를 들으며 즐거운 시간을 보낸 브론스키는 친구들이 돌아가자 군복을 정식으로 차려입고 연대에 신고를 하기 위해 집을 나섰다. 그는 신고를 마친 뒤 형을 만나보고, 다른 몇몇 사람들을 더 만나보기로 작정했다. 사교계에 진출해서 안나 카레니나를 만날 길을 뚫어보겠다는 요량에서였다.

제
2
부

제1장

　겨울이 끝나갈 무렵 셰르바츠키가에서는 키티의 건강 문제로 의사를 불러야만 했다. 키티가 심상치 않게 앓고 있었던 것이다. 이른바 최고 권위를 지난 의사는 키티를 진찰한 뒤 깊은 생각 끝에 외국으로의 여행을 권했다. 무엇보다 환경과 습관을 바꾸는 것이 키티의 건강 회복에 도움이 될 것이며 온천욕도 필요하다고 말했다. 가정의 전권을 쥔 키티의 모친은 의사의 권유를 받아들였다. 그녀는 모녀가 함께 여행을 떠나기로 결심하고 키티의 의향을 물었다. 키티는 모친에게 말했다.

　"엄마, 난 정말 건강해요. 하지만 엄마가 가고 싶다면 함께 갈게요."

　의사가 돌아간 후 돌리가 찾아왔다. 그녀는 그날 검진이 있음을 알고 궁금해서 온 것이었다.

"그래, 어때요?" 돌리는 집안으로 들어서며 모자도 벗지 않고 물었다. "모두 명랑하시네요. 결과가 좋은 거지요?"

백작 부인은 의사가 해준 이야기를 대충 들려준 후, 외국으로 요양을 떠나기로 했다고 말했다.

돌리는 한숨을 내쉴 수밖에 없었다. 자신의 가장 좋은 친구인 동생이 곁을 떠나게 된 것이다. 게다가 요즘 돌리의 생활은 우울하기만 했다. 남편과 화해를 한 뒤 그녀는 거의 굴욕적으로 모든 것을 참아내야만 했다. 안나의 땜질은 임시처방에 불과했고 가정은 다시 삐걱거렸다. 스테판 오블론스키는 별다른 이유도 없이 집에 붙어 있지 않았고, 게다가 돈은 바닥난 상태인데다 돌리는 남편이 또다시 외도를 할까봐 의심하면서 고통스러워했다. 또한 다섯이나 되는 자식들을 먹이고 건사하는 일도 보통 힘든 게 아니었다. 심지어 유모까지 그만 두고 나니 돌리는 심란하기 그지없었다.

자기 자신도 그렇게 힘든 처지에 있었지만 돌리는 키티가 너무 안쓰러웠다. 돌리는 키티가 입은 마음의 상처, 그 수치심을 이해하고 있었다. 의사의 처방으로 외국으로 간다지만 의사는 키티가 아픈 이유를 제대로 알 리 없었고, 키티가 어머니에게 속마음을 털어놓을 리도 없었다. 돌리는 키티가 외국으로 떠나기 전 어떻게 해서라도 키티의 마음을 달래주고 싶었다.

돌리는 키티의 방으로 들어갔다. 장밋빛으로 장식된 키티의 예쁜 방으로 들어가니 전에 둘이 함께 이 방을 장식하던 때가 떠올랐다. 그 방은 마치 마냥 명랑하기만 하던 두 달 전의 키티 같았다. 돌리는 문에서 가까운 의자에 앉아 양탄자 모퉁이에 시선을 고정하고 있는 키티를 보자 가슴이 서늘해졌다. 키티는 언니를 보고도 차갑고 언짢은 표정을 바꾸지 않았다.

돌리가 먼저 키티에게 말했다.

"키티, 너랑 이야기 좀 하고 싶어."

"무슨 이야기를?"

"네 아픔 이야기가 아니고 뭐겠니?"

"나, 아무렇지도 않아."

"말도 안 돼! 키티, 넌 내가 모르는 줄 아니? 다 알고 있어."

키티는 아무 말이 없었지만 얼굴은 딱딱하게 굳어 있었다. 돌리는 빙빙 돌리지 않고 즉각 핵심을 건드렸다.

"분명히 말하는데, 그 남자는 네가 그렇게 괴로워할 가치도 없는 사람이야."

"언니, 무슨 말을 하는 거야? 제발 나를 동정하거나 위로하려들지 마. 나는 괴로울 것도 없고, 위안 받을 것도 없어. 그래, 내가 나를 사랑하지도 않는 사람 때문에 괴로워할 것 같아? 내가 그 정도로 형편없는 여자라는 거야? 난 언니와 달라. 난 고고해. 언니처럼 언니를 배신하고 다른 여자를 사랑한 사람에게는 절대로 안 돌아가!"

돌리는 슬픈 표정으로 고개를 숙인 채 아무 말도 하지 않았다. 약 2분간 침묵이 이어졌다. 돌리는 자신의 가장 아픈 상처를 가장 사랑하는 동생이 건드리자 더욱 가슴이 아팠다. 동생에게서 그런 잔인한 말을 들을 것이라고는 상상도 못했기에 그녀는 화까지 났다. 그런데 갑자기 옷자락 사각대는 소리와 함께 심장고동소리와 억눌린 울음소리가 코앞에서 들려왔다. 키티가 그녀의 목을 끌어안은 것이다. 키티는 돌리 앞에 무릎을 꿇고 있었다.

"언니, 너무 힘들어서 그랬어. 미안해."

키티는 눈물범벅이 된 얼굴을 돌리의 치마폭에 묻었다. 돌리도 함께 울었다. 두 자매의 눈물은 마치 기계의 윤활유처럼 두 자매 사이를 원활하게 해주었다. 자매는 핵심 이야기는 피하면서 사소한 이야기를 나누었다. 그러면서 둘은 서로를 이해했다. 비록 직접 입 밖에 내지는 않았지만 키티는 그렇지 않아도 힘든 언니의 가슴을 아프게 한 자신을 언니가 용서해주었음을 알았다. 또한 돌리는 자신의 짐작대로 키티의 슬픔이 레빈의 청혼을 거절하고 브론스키에게 농락당한 데서 왔다는 것을 확실히 알 수 있었다.

어느 정도 진정이 된 뒤에 키티가 말했다.

"언니, 난 슬프지도 않고 우울하지도 않아. 하지만 모든 게 가증스럽고, 지긋지긋해. 모든 게 야비해 보여. 그리고 무엇보다 나 자신이 제일 싫어. 내가 얼마나 나쁜 생각에 사로잡혀 있는지 언니는 상상도 못 할 거야."

돌리가 웃으며 물었다.

"그래, 무슨 나쁜 생각을 하고 있는데?"

"정말로 가장 나쁘고 가장 추한 거야. 언니한테 제대로 묘사할 수도 없어. 그건 슬픔도 아니고 우울도 아니야. 그것보다 훨씬 나쁜 거야. 내 안에 좋은 건 다 나가고, 오로지 제일 나쁜 것만 남은 것 같아. 아빠는 내가 결혼하고 싶어 그러는 걸로만 생각하시는 것 같아. 엄마는 나를 무도회에 데리고 가. 될 수 있는 대로 빨리 나를 결혼시켜 치워버리고 싶어 하는 것 같아. 사실은 그렇지 않다는 걸 난 잘 알아. 하지만 그 생각을 떨쳐버릴 수가 없어. 나는 이른바 구혼자들을 똑바로 쳐다볼 수가 없어.

꼭 내 치수를 재는 것 같아. 전에는 무도회 드레스를 입는 게 즐거웠어. 하지만 지금은 부끄럽고 불편해. 그러니 어떻게 해? 의사도 그렇고…… 또…… 이게 내 병이야. 세상 모든 게 다 추해 보여. 언니 집에서 애들이랑 있을 때만 마음이 편해."

그날 자매가 부모들을 설득해 키티는 언니네 집으로 가서 아이들을 돌보며 지냈다. 하지만 키티의 건강이 좋아지지 않자, 사순절에 키티와 그녀의 어머니는 외국으로 떠났다.

제2장

모스크바 여행에서 돌아온 뒤 안나는 이전에 가깝게 지내던 사교계 그룹들을 멀리 하고 벳시 트베르스카야 공작 부인 중심의 그룹에만 드나들었다. 벳시는 안나의 사촌 오빠의 아내로서 매년 12만 루블의 수입이 있는 부자였다.

모스크바 여행을 하기 전에 안나가 주로 드나들던 그룹은 남편 카레닌이 출세하는 데 도움을 준 그룹이었다. 리디야 이바노브나 백작 부인이 중심인 그 그룹에는 늙고 못생겼지만 선행을 베푸는 데서 즐거움을 찾는 독실한 여자들, 학식 있고 총명하며 명예심이 강한 남자들이 주로 드나들었다. 안나는 이전에는 주로 그들과 어울렸다. 그런데 모스크바에서 돌아온 뒤로 그녀는 이 그룹을 견딜 수가 없었다. 자신을 비롯해 모든 사람들이 위선적으로 보였으며, 모든 대화, 모든 행동이 따분하고 불편하기 그지없었다.

그에 비해 벳시가 중심을 이루는 그룹은 무도회, 화려한 만찬, 눈부신 옷차림으로 대표되는, 말 그대로 사교계 그 자체였다. 그 그룹은 화류계 수준으로 전락하지 않기 위해 한 손으로 궁정이라는 끈을 붙잡고 있었다. 그 사교계 그룹 멤버들은 자신들이 화류계를 경멸한다고 믿고 있었지만 사실상 그들의 취향은 화류계와 비슷한 정도가 아니라 아예 똑같았다.

안나는 벳시 공작 부인이 중심인 그 그룹에 드나들면서 브론스키를 자주 만날 수 있었으며 그럴 때마다 마음이 흔들릴 정도로 기쁨을 맛보았다. 그녀는 특히 벳시의 집에서 브론스키를 자주 만날 수 있었다. 벳시는 처녀 때 성이 브론스카야로서 브론스키와는 사촌 간이었다. 브론스키는 안나가 있는 곳에는 어디든 나타났으며 기회만 되면 그녀에게 사랑을 고백했다. 그녀는 그에게 아무런 구체적 언질도 주지 않았지만, 그를 볼 때마다 기차역에서 그를 처음 보았을 때 느꼈던 일종의 소생(蘇生)감을 다시 맛볼 수 있었다. 그녀는 그를 볼 때마다 자신의 눈이 반짝이고 입술에 미소가 어린다는 것을 스스로 의식하고 있었지만 도저히 억제할 수가 없었다.

제2부

109

처음에 안나는 그가 자신을 따라다니는 것을 자신이 불쾌해한다고 진심으로 믿고 있었다. 그런데 모스크바에서 돌아온 지 얼마 되지 않았을 무렵, 분명히 그가 나오리라고 생각하고 갔던 파티에 그가 나오지 않은 적이 있었다. 금세 우울해진 그녀는 자신이 이제까지 스스로를 속이고 있었다는 것을 깨달았다. 그가 자신을 쫓아다니는 것이 불쾌하기는커녕 그녀 삶에서의 모든 흥미와 관심이 온통 거기에 쏠려 있음을 분명히 알게 된 것이다.

어느 날 저녁, 모르스카야 거리에 위치한 벳시 공작 부인의 대저택에 마차가 하나둘 들이닥쳤다. 그녀의 집에서 야회가 열리는 날이었던 것이다. 손님들이 현관 앞에 내려서자 거구의 문지기가 커다란 문을 열어 손님들을 안으로 들여보냈다.

응접실 한가운데 탁자 위에는 은으로 만든 사모바르, 투명한 도자기로 만든 다기 세트가 놓여 있었다. 사람들은 두 그룹으로 나뉘어 자리를 잡고 앉았다. 사모바르 옆 안주인 곁에 한 무리, 응접실 반대편 끝 검은 벨벳 옷을 입은 대사 부인 곁에 한 무리, 이렇게 두 그룹이었다.

양쪽 그룹 모두 인사를 나누고 자리를 잡고 앉아 서로 차를

권했다. 이어서 사람들은 재미는 있지만 도가 넘치지 않는 화
젯거리를 애써 찾으며 환담을 나누었다. 그들은 최근 사회에서
벌어진 일에 대해 간단히 이야기를 나눈 뒤, 친지들 험담을 해
댔으며 이어서 각종 스캔들을 화제로 삼았다. 누군가를 그들
입방아 도마 위에 올려 신나게 비꼬고 조롱하면서 대화는 본궤
도에 올랐고 마치 모닥불처럼 활활 불타올랐다.

대사 부인 중심의 그룹이 아연 활기를 띠었다. 그들은 카레
닌 부부를 두고 입방아를 찧고 있었던 것이다.

"카레니나 부인이 모스크바에 갔다 온 뒤에 너무 달라졌어
요. 뭔가 이상해요"라고 누군가가 말했다.

그러자 대사 부인이 맞받았다.

"가장 큰 변화는 알렉세이 브론스키라는 그림자를 달고 왔다
는 거지요."

"그래서 어쨌다는 거지요? 그림 동화에 그림자를 잃어버린
남자 이야기가 나오잖아요. 뭔가 잘못한 데 대한 벌이었지요?
그런 게 무슨 벌이 될 수 있다는 건지 나는 정말 모르겠어요.
하지만 여자에게 그림자가 없다면 불행한 일이지요." 먀카야
공작 부인의 말이었다.

"맞아요. 하지만 그림자가 있는 여자는 대개 끝이 안 좋지요."

제2부

111

안나의 친구가 말했다. 그러자 공작 부인이 다시 말했다.

"안나는 멋진 여자예요. 문제는 그 남편에게 있어요. 그저 멍청하기만 하고. 그에 비해 안나는 얼마나 사랑스러워요? 모두들 그녀를 사랑해서 뒤쫓는다 해도 그녀가 뭘 어떻게 할 수 있겠어요?"

그러자 안나의 여자 친구가 변명처럼 말했다.

"나도 험담을 하려던 건 아니에요. 우리 뒤를 그림자처럼 따르는 사람이 없다고 해서 안나 같은 여자를 비난할 권리가 있는 건 아니지요."

그때 누군가가 응접실로 들어오는 남자를 가리키며 말했다.

"어머, 저기 그림자가 오셨네."

브론스키가 웃음을 띤 채 등장한 것이다. 그는 마치 방금 전에 나갔다가 다시 들어온 것처럼 아주 편안한 태도였다. 그는 두 패로 갈라진 사람들에게 모두 인사를 한 뒤에 벳시 공작 부인 무리들 사이에 자리를 잡았다.

제3장

브론스키가 막 자리를 잡고 앉았을 때였다. 문가에서 발소리가 들렸다. 이윽고 언제나처럼 허리를 꼿꼿이 편 채 경쾌하면서도 단호한 걸음걸이로 안나가 응접실로 들어섰다. 안나는 벳시에게 다가가 손을 잡고 미소 지었다.

그러고는 여전히 미소를 머금은 채 브론스키의 곁으로 갔다. 브론스키는 일어나서 허리 굽혀 인사한 뒤, 그녀가 앉을 수 있도록 의자를 뒤로 뺐다.

"리디야 백작 부인 댁에 있다가 오는 길이에요. 일찍 오려 했지만 존 경의 이야기에 귀를 기울이다가 그만……." 안나가 자리에 앉으며 말했다.

"아, 그 선교사 말인가요?"

"네, 인도에서 지냈을 때의 이야기를 했는데 어찌나 재미있었는지……"

마치 꺼지려던 램프에 다시 불이 붙듯이 대화가 활기를 띠기 시작했다. 누군가 안나의 말을 받았다.

"존 경이요? 나도 그분을 봤어요. 정말 말을 잘 하던데요. 블라시예바는 완전히 그 사람에게 반해버렸어요."

"그런데 블라시예바의 어린 딸이 토포프에게 시집간다는 게 사실인가요?"

"연애결혼이라지요? 사랑해서 결혼한다는군요." 누군가가 말했다.

"그런 낡은 방식이 아직 존재하는군요." 브론스키가 한숨을 내쉬며 말했다.

"그걸 따르는 사람이 아직 많아서 문제지요. 내가 알기론, 행복한 결혼이란 이성에 따른 결혼밖에 없어요." 어느새 이쪽으로 자리를 옮긴 대사 부인이 맞장구를 쳤다.

"맞아요. 하지만 이성적인 결혼에 의한 행복도 미처 예기치 못한 열정 때문에 먼지처럼 흩날려버리는 경우가 많지요." 브론스키의 말이었다.

그러자 먀카야 공작 부인이 말했다.

"진정으로 사랑을 알기 위해서는 실수할 수도 있기 마련이고, 그런 다음에 잘못을 고치면 되는 거 아닌가요?"

"결혼한 후에도 말인가요?" 대사 부인이 약간 장난기 섞인 투로 말했다.

그러자 그 자리에 있던 외교관 한 명이 영국 속담을 인용했다.

"참회에 늦은 때란 없는 법이지요."

"바로 그거예요." 벳시가 끼어들었다. "실수한 다음에 고치면 되잖아요." 그러더니 그녀는 안나를 바라보며 물었다. "안나, 어떻게 생각해요?"

"내 생각에는……." 안나는 장갑을 벗으며 대답했다. "사람 머릿수만큼이나 많은 의견이 있듯이 사람 마음의 수만큼이나 많은 사랑이 있다고 봐요."

안나가 입을 여는 순간 브론스키는 가슴을 조이며 그녀가 무슨 말을 하는지 기다렸다. 그녀의 말을 듣는 순간 그는 마치 고비를 넘긴 듯 안도의 한숨을 내쉬었다.

그때 갑자기 안나가 브론스키를 향해 몸을 돌리며 말했다.

"모스크바에서 편지를 받았어요. 키티가 몹시 아프다고 하던데요."

"정말입니까?" 브론스키가 당황한 듯 물었다. "정확히 뭐라고 쓰여 있었는지 물어봐도 될까요?"

안나는 자리에서 일어나 벳시에게 다가가더니 뒤에 서서 차를 한 잔 달라고 했다. 벳시가 차를 따르는 동안 브론스키도 자리에서 일어나 안나에게 다가갔다.

"뭐라고 썼던가요?" 그가 다시 물었다.

"나는 남자들이 늘 고결한 게 어떤 건지 이러쿵저러쿵 이야기를 하면서도 뭐가 진짜 비열한 짓인지는 이해하지 못하고 있다는 생각을 가끔 해요." 안나가 빗대어 말했다. 그녀는 그 말을 하면서 앨범이 놓여 있는 구석 자리 탁자 앞에 앉았다.

"무슨 말씀이신지 도통 모르겠습니다." 거기까지 따라온 브론스키가 그녀에게 찻잔을 건네며 말했다.

"당신, 키티에게 정말이지 나쁜 짓을 했어요. 그건 정말 나쁜 짓이에요."

"제가 나쁜 짓 한 걸 모르고 있다고 생각하시나요? 하지만 누구 때문에 제가 그런 짓을 했는데요?"

"아니, 그런 이야기를 왜 내게 하는 거지요?" 안나가 준엄한 눈빛으로 그를 바라보며 말했다.

"아시지 않습니까?" 그는 그녀의 시선을 맞받으며 대담하게 말했다. 그의 눈은 기쁨으로 반짝이고 있었다.

당황한 것은 그가 아니라 바로 그녀였다.

"그건 당신에게는 심장이 없다는 것을 증명해주는 거예요."

안나는 겨우 입을 열었다. 하지만 그녀의 눈은 그에게 심장이 있다는 것, 바로 그 때문에 자신이 그를 두려워하고 있다고 말하고 있었다.

"당신이 방금 제게 나쁜 짓이라고 하신 건 제 실수에 대해서이지, 제 사랑에 대해서는 아닙니다." 브론스키가 천천히 말했다.

"당신, 내 앞에서 그 단어를 쓰지 말라고 금지했던 걸 잊었나요?" 안나가 몸을 부르르 떨면서 말했다.

하지만 '금지'라는 그 단어 자체가 거꾸로 그가 자신 있게 '사랑'에 대해 말을 할 수 있게끔 그를 격려했음을 그녀는 몰랐다. 그 단어를 씀으로써 그녀가 그에 대해 그 어떤 권리를 갖고 있음을 그녀는 인정한 것이다.

그녀가 계속 말했다. 그녀의 얼굴은 온통 새빨개져 있었다.

"나는 당신이 여기 와 있을 줄 알고 일부러 여기 온 거예요. 이제 모든 걸 끝내야 해요. 난 그 누구 앞에서도 이렇게 얼굴을 붉힌 적이 없어요. 그런데 당신은 나를 무슨 죄라도 지은 사람처럼 만들어요."

그는 그녀에게서 새삼 정신적 아름다움을 발견하고 그녀를 빤히 바라보았다.

"제가 어떻게 하면 좋겠습니까?" 그가 진지하게 물었다.

"모스크바로 가서 키티에게 잘못했다고 빌어요."

"당신 자신도 그걸 원치 않고 있지 않습니까?"

그는 그녀가 하고 싶은 말을 하는 것이 아니라 해야만 하는 말을 하고 있음을 알고 있었다.

그녀가 속삭이듯 말했다.

"당신이 당신 말대로 나를 사랑한다면…… 제발, 나를 편하게 내버려둬요."

그의 얼굴이 빛났다.

"정말 모르십니까? 당신이 내 삶의 전부인 것을? 나는 지금 내가 절대로 편하지 않기에 당신을 편하게 해줄 수 없습니다. 나는 당신과 나를 떼어놓고 생각할 수 없습니다. 내게, 당신과 나는 하나입니다. 앞으로 우리 앞에 평온은 없습니다. 절망과 불행만이……. 아니면 무한한 행복이……. 아, 그건 어떤 행복일까요?"

안나는 이성의 힘을 총동원해서 하고 싶은 말을 하려고 애썼다. 하지만 그를 향해 사랑의 눈길을 던지는 것 외에는 아무 말도 할 수 없었다.

'그래, 드디어!' 브론스키는 환희에 차서 속으로 외쳤다. '절망에 빠져 이제 모든 것이 끝장이라고 생각하던 바로 그 순간에! 그녀는 나를 사랑해! 그녀는 지금 그걸 고백하는 거야!'

그녀가 다시 입을 열어 뭔가 말을 하려 했다. 순간 그가 그녀의 말을 막으며 말했다.

"아무 말도 마십시오. 당신 남편이 왔습니다."

정말로 알렉세이 알렉산드로비치 카레닌이 느릿느릿 어색한 걸음걸이로 응접실로 들어서고 있었다.

카레닌은 아내와 브론스키가 단둘이 앉아 있는 것을 흘끗 바라본 뒤 안주인에게 다가갔다. 그는 탁자에 앉아 모두들 지루해 할 수밖에 없는 딱딱하고 공적인 이야기를 꺼냈다. 브론스키와 안나는 작은 탁자 앞에 그대로 앉아 있었다. 사람들은 모두 분위기가 어색해서 곁눈질로 두 사람을 흘끗흘끗 바라보았다. 오로지 카레닌만이 그쪽으로 눈길을 주지 않았다. 벳시는 모두들 어색하다 못해 불쾌해하는 것을 보고 자리에서 일어나 안나에게 갔다. 그제야 안나는 자리에서 일어나 큰 탁자로 와서 대화에 끼었다.

카레닌은 30분 정도 더 앉아 있다가 아내에게 함께 돌아가자고 말했다. 안나는 남편을 쳐다보지도 않은 채, 더 있다가 저

녁을 먹고 가겠다고 대답했다. 카레닌은 사람들에게 인사한 후
그 자리를 떠났다.

제4장

집으로 돌아온 카레닌은 늘 그렇듯 서재로 갔다. 그는 평소와 다름없이 1시까지 책을 읽은 후 자리에서 일어나 취침준비를 했다. 안나는 아직 돌아오지 않았다.

그는 책을 겨드랑이에 끼고 위층으로 올라갔다. 평상시와는 달리 관청 일이 아니라 아내에게 일어난 불쾌한 일이 머릿속을 가득 채우고 있었다. 그는 곧바로 침대에 눕지 못하고 방 안을 서성이기 시작했다. 아내에게 발생한 상황을 깊이 생각해봐야 할 것 같았다. 처음에 아내와 이야기를 나누어봐야겠다고 생각했을 때는 문제가 아주 쉽고 간단해 보였다. 하지만 상황을 있는 그대로 깊이 생각하면 할수록 매우 복잡하고 어려운 일처럼 여겨졌다.

카레닌은 질투하는 사람이 아니었다. 그의 신념에 따르면 질투란 아내에 대한 모욕이었고, 무릇 남편이란 아내를 신뢰해야만 했다. 왜 아내를 신뢰해야 하는지, 말하자면 자신의 젊은 아내가 자신을 영원히 사랑하리라는 신념을 왜 가져야 하는지 그는 묻지 않았다. 그는 아내를 믿었으며, 그래야만 한다고 스스로 다짐했기에 그냥 아내를 의심하지 않았다.

그런 확신을 갖고 있었음에도 불구하고 그는 이번에 뭔가 설명할 수 없는 비이성적인 것과 대면하고 있다는 느낌을 받았고, 그만큼 어찌할 바를 모르고 있었다. 그는 아내가 남편이 아닌 그 누군가를 사랑할 수도 있다는 가능성과 직면한 것이었고 이는 그에게는 설명할 수도, 이해할 수도 없는 일이었다. 그는 마치 확신에 차 있던 자신의 인생길에서 무시무시한 심연을 맞이한 것처럼 공포심에 사로잡혀 있었다.

그는 침실에서 나와 응접실과 서재를 왔다 갔다 하며 수도 없이 되뇌었다.

'그래, 결단을 내려야 해. 이 일을 중단시켜야 해. 아니야, 안돼! 이따위 질투심은 나와 아내의 명예에 먹칠을 하는 거야. 아니야, 다른 사람들이 눈치를 챘다면 뭔가 있는 거야. 무슨 조치를 취해야 해. 하지만 무슨 조치를, 어떻게? 아니야, 내가 공연히 그러는 거야. 그냥 내 아내가 한 남자랑 길게 이야기한 것일 뿐이잖아. 사교계에서는 흔히 있는 일이잖아.'

이곳저곳을 왔다 갔다 하던 그는 부지불식간에 아내의 규방에까지 오게 되었다. 그는 아내의 책상에 앉아 이런 저런 메모와 문구류들을 보며 다시 생각에 잠겼다. 하지만 생각의 방향이 바뀌었다.

이제까지 그는 자기 자신의 생각에만 몰두해 있었지만 이번에는 아내의 책상에 앉아 아내에 대해 생각하기 시작했다. 그러자 문득 아내에게도 자신만의 삶이 있으리라는 생각이 들었고, 그는 몸을 부르르 떨며 그 생각을 황급히 걷어냈다. 그것이 그에게 공포를 주었던 바로 그 심연의 정체였다.

그는 어려운 문제와 만나면 늘 그랬듯이 이번에도 명쾌하게 그 심연에서 벗어났다. 그는 생각했다.

'내게는 그녀의 감정을 판단할 권한이 없다. 그건 종교와 양심의 문제이다.'

그렇게 생각하니 마치 이번 사건에 딱 맞는 법조항을 발견한 것처럼 그는 마음이 가벼워졌다. 그리고 그는 마치 선고를 내리듯 다음과 같이 속으로 말했다.

'그녀의 감정은 나와 상관이 없다. 하지만 나의 의무는 명확

제2부

123

하다. 한 집안의 가장으로서 내게는 그녀를 올바로 이끌 의무가 있다. 나는 내가 감지한 위험을 그녀에게 지적해주고 경고해주어야 하며, 필요하면 권위도 행사해야 한다. 그녀에게 분명히 말해야 한다.'

그는 그녀에게 해줄 말을 마치 판결문처럼 다음과 같이 정리했다.

첫째, 공공의 의견과 예법에 대해 설명한다.

둘째, 결혼의 종교적 의미에 대해 설명한다.

셋째, 아들에게 일어날지도 모를 큰 불행을 지적한다.

넷째, 그녀 자신에게 일어날지 모를 불행을 지적한다.

그는 큰 문제를 해결한 듯 손가락을 깍지 낀 채 앞으로 쭉 뻗어 기지개를 켠 뒤, 손가락 마디마디를 꺾어 소리를 냈다.

그때 현관에 마차 멈추는 소리가 들렸고 곧이어 계단을 올라오는 발소리가 났다. 그는 지극히 만족스러운 결론을 내리고 있었음에도 불구하고, 다가오는 설명의 순간이 두려워졌다.

안나는 남편이 응접실에서 자신을 기다리고 있는 것을 보고 놀랐다.

"아직 안 주무시고 계셨어요? 웬일이에요?"

그녀는 남편의 대답을 기다리지도 않고 곧바로 규방으로 들어가려 했다.

"당신에게 할 말이 있소."

"제게요? 이렇게 늦었는데? 졸리긴 하지만…… 어디 말해보세요."

카레닌은 단도직입적으로 말했다.

"안나, 경고하겠소. 당신의 부주의와 경솔로 인해 사교계 입방아에 오를 빌미를 제공할 수 있다는 경고요. 당신 오늘 브론스키 백작과 지나치게 열중해서 대화를 하는 바람에 사람들의 이목을 끌었소."

안나는 조금도 망설이지 않고 명랑하게 대답했다.

"당신은 늘 그래요. 어떤 날은 내가 지루해하는 걸 못마땅해 하더니 이제는 내가 명랑한 게 싫은가 보군요. 오늘은 지루하지 않았어요. 그래서 기분이 상했나요?"

카레닌은 침착하게 말을 이었다.

"오늘 내가 해줄 말은 이거요. 제발 내 말에 귀를 기울여주기 바라오. 당신도 알겠지만 나는 질투심을 저열한 감정이라고 생각하오. 그래서 절대로 그 감정에 휘둘리는 일은 없소. 하지만 절대로 넘어서는 안 되는 예의범절이라는 게 있는 법이오.

제2부

125

오늘 당신의 행동이 사람들에게 준 인상으로 보건대 당신은 도를 넘어섰소."

"당신, 어디 몸이 안 좋은가봐요."

안나는 일어나 규방으로 가려 했다. 그러자 카레닌이 그녀를 막으며 계속 말했다. 어쨌든 준비한 판결문은 다 낭송해야만 했다.

"당신의 감정을 속속들이 들여다볼 권리가 내게는 없소. 당신 감정은 당신 양심만이 들여다볼 수 있소. 하지만 당신에게는 의무가 있소."

이어서 그는 준비한 대로 결혼의 숭고한 종교적 의미에 대해 설명했다. 그러자 그녀가 머리핀을 뽑으며 말했다.

"무슨 말인지 하나도 못 알아듣겠어요. 아, 정말 졸려요."

"안나, 제발 그런 말 마오." 카레닌은 온순한 어조로 말을 이었다. "난 나 자신뿐만 아니라 당신을 위해 이러고 있는 거요. 난 당신 남편이고 당신을 사랑하오."

그녀는 남편의 입에서 나온 사랑한다는 말에 화가 났다. 그녀는 생각했다.

'사랑한다고? 저이가 사랑을 할 수 있을까? 사랑이라는 단어를 배워서 알지 못했으면 절대로 저 말을 할 수 없었을 거야.'

그녀가 남편에게 애원하듯 말했다.

"아, 정말이지 나는 무슨 말인지 모르겠어요. 당신에게 할 말도 없어요. 그리고 정말 너무 졸려요."

카레닌은 한숨을 내쉬더니 침실로 갔다.

그녀가 규방으로 가서 화장을 고치고 침실로 갔을 때 그는 이미 누워 있었다. 안나는 자신의 침대에 누워 그가 말을 걸기를 기다렸다. 하지만 그는 아무 말이 없었다. 그녀는 침대에 누워 한참 기다리다가 이윽고 남편을 잊어버렸다. 그리고 다른 남자를 생각했다. 이윽고 남편의 규칙적이고 평온한 코고는 소리가 들려왔다.

"늦었어. 이미 늦었어."

그녀는 미소를 지으며 속삭였다. 그녀는 한참동안 눈을 뜬 채 꼼짝 않고 누워 있었다. 자신의 눈에서 나오는 광채가 그녀 자신에게도 보이는 것 같았다.

그날 이후 새로운 인생이 카레닌과 안나에게 시작되었다. 겉보기에는 변한 것이 없었다. 안나는 늘 사교계에 출입하며 브론스키를 만났고 카레닌은 여전히 유능한 관리였다. 하지만 둘의 관계가 이전과 같을 수는 없었다. 관청에서는 뚝심 있고 힘센 카레닌이었지만 아내의 일에는 무력했다. 그는 마치 도끼날이 떨어지길 기다리는 황소처럼 순순히 머리를 숙이고 기다렸다.

물론 그는 아직 아내를 구할 수 있다는 생각에 매일 그녀와 이야기를 나누려 했다. 하지만 아내에게 이야기를 하려 할 때마다 그는 그녀를 사로잡고 있는 악과 기만의 혼령이 자신 역시 사로잡는 것을 느꼈다. 그리고 자신도 모르게 애당초 생각했던 것과는 전혀 다른 말투로 말을 했다. 그는 아내와 진지한 이야기를 나누려 할 때마다 버릇처럼 비웃는 어조로 말했다. 그런 빈정대는 어조를 갖고 그녀에게 하고자 하는 말을 제대로 할 수 없었음은 물론이다.

제5장

　브론스키에게는 거의 1년 동안 간직해 온 '유일한 소망'이었으며 안나에게는 '불가능한 행복에의 꿈'으로 여겨지던 것이 드디어 실현되었다. 그는 어찌할 바를 모르고 그녀 앞에 선 채 아래턱을 덜덜 떨면서 그녀를 달래고 있었다.

　"안나, 안나!" 그가 떨리는 목소리로 말했다. "오, 제발……."

　하지만 그의 목소리가 커지면 커질수록 그녀는 더욱더 얼굴을 떨구었다. 이전에 그토록 고고하고 밝았으나 이제는 수치심에 사로잡힌 그 얼굴을…… 그녀는 허리를 꺾으며, 앉아 있던 소파에서 마룻바닥 그의 발아래 무너져 내렸다. 그가 그녀를 붙잡지 않았다면 양탄자 위로 쓰러졌을 것이다.

　"오, 하느님! 저를 용서해주세요!"

그녀가 그의 손을 자신의 가슴으로 끌어당기며 흐느꼈다. 자신이 죄를 지었다는 자책감에 사로잡힌 그녀는 용서를 비는 것 외에는 아무것도 할 수 없다고 느끼고 있었다. 그런 그녀를 바라보며 브론스키는 마치 살인자가 자신이 살해한 시체를 눈앞에 두고 있는 것 같은 느낌에 사로잡혔다.

그에게 생명을 빼앗긴 것은 바로 그들의 사랑, 바로 그 사랑의 첫 번째 단계였다. 정신적으로 벌거벗은 상태에 있다는 사실 앞에 그녀는 수치심에 사로잡혀 있었고 그 수치심은 그녀의 연인에게도 전달되었다. 하지만 자신이 살해한 시체 앞에서 제아무리 공포에 사로잡혀 있다 하더라도 살인자는 그 시체를 토막 내어 감추어야만 하고, 그 살해로 인해 얻은 것을 이용해야만 한다.

브론스키는 마치 시체를 난도질하듯 안나의 얼굴과 어깨에 키스를 퍼부었다. 그녀는 그의 손을 잡은 채 미동도 하지 않았다. 그의 손을 잡고 그녀는 생각했다.

'그래, 나는 이 부끄러움의 대가로 이 입맞춤을 산 거야. 그래, 이 손, 이제 영원히 내 것일 이 손은 나의 공범의 손이야.'

이윽고 마음을 추스른 듯 그녀가 몸을 일으키더니 그에게서 떨어지며 말했다.

"이제 다 끝났어요. 이제 내게는 당신밖에 없어요. 그걸 잊지 말아요."

그가 다시 그녀를 품에 안으며 말했다.

"내 삶의 전부인 것을 어찌 잊을 수 있겠어요? 이 한순간의 행복을 위해서라면……."

"행복이라고요!"

그녀는 공포와 혐오감을 느끼며 소리쳤다. 브론스키도 자연스럽게 그 공포에 전염되었다. 그녀가 계속 소리치듯 말했다.

"제발 한 마디도, 더 이상 한 마디도 하지 말아요!"

그녀는 "더 이상 한 마디도……"라고 되뇌며 그에게서 떨어졌다.

그녀는 그 순간, 새로운 삶으로 발을 디디면서 그녀를 사로잡은 이 수치심과 환희, 공포를 그 어떤 말로도 표현할 수 없을 것 같았고 또한 어설픈 말로 그 감정들을 속되게 만들고 싶지 않았다.

하지만 다음 날도, 이어서 몇 날이 지나도 그녀는 자신의 복잡한 감정을 표현할 적절한 말을 찾지 못했다. 아니, 애당초, 자신의 마음속에 무엇이 들어 있는지 확실하게 밝혀줄 생각의 실마리조차 찾을 수 없었다. 그녀는 스스로에게 말했다.

'그래, 난 지금 이 일에 대해 생각할 수 없는 상태야. 나중에 좀 더 차분해진 다음에 생각해야 해.'

하지만 그런 평온은 결코 찾아오지 않았다. 자신이 무슨 짓을 했는지, 자신에게 무슨 일이 일어날지, 앞으로 자신이 어떻게 해야 할지 생각하려 할 때마다 두려움이 먼저 엄습해 와서, 그녀는 생각 자체를 아예 멀리 쫓아내버렸다. 그리고 "나중에, 더 나중에…… 좀 더 진정이 된다면……"이라고 그녀는 중얼거리곤 했다.

하지만 생각의 기능이 완전히 정지되어버린 그녀의 꿈속에서는 그녀가 지금 처하고 있는 상황이 그 추악한 실체를 알몸 그대로 드러냈다. 그녀는 매일 밤 같은 꿈을 꾸었다. 꿈속에서는 두 남자가 모두 그녀의 남편이었고 두 남자 모두 열정적으로 그녀의 몸을 애무했다. 카레닌은 울먹이며 그녀의 손에 입을 맞추었다. 그리고 말했다.

"아, 우리는 정말 행복해!"

알렉세이 브론스키도 그 자리에 함께 있었고, 그도 그녀의 남편이었다. 꿈속에서 그녀는 동시에 두 남자를 품에 안는 것이 불가능하다고 생각했던 게 이상하게 여겨졌다. 그녀는 웃으며 너무 간단한 일이라고, 이제 둘 다 만족스럽고 행복하지 않느냐

고 두 남자에게 설명조로 말했다. 하지만 그 꿈은 악몽처럼 그
녀를 짓눌렀고 그녀는 공포에 사로잡힌 채 잠에서 깨어났다.

제6장

모스크바로부터 돌아온 후 처음 며칠 동안, 청혼이 거절당한 일을 상기하고 얼굴이 벌게지면서 치가 떨릴 때마다 레빈은 스스로에게 말했다.

"모든 게 끝났다고 생각한 적이 어디 한두 번이었나? 대학에서 물리과목 낙제점을 받았을 때도 좀 절망했었나? 하지만 결국 다 잘됐잖아. 지금 돌이켜보면 그런 걸 뭐 그리 대단하게 생각했는지 오히려 의아할 지경이잖아. 이번에도 그럴 거야. 세월이 지나면 잊힐 거야. 세월이 약이야."

하지만 세 달이 지났어도 그 일은 쉽게 잊히지 않았고, 그때 일이 계속 떠올랐으며 마음이 진정되지가 않았다.

그래도 세월은 역시 세월이었다. 게다가 바쁜 시골 일에 몰두하다보니 키티를 떠올리는 횟수가 점차 줄어들었다. 레빈은 그녀가 시집을 갔거나 곧 시집을 간다는 소식을 초조하게 기다렸다. 그는 그 소식이 마치 앓던 이를 뽑듯 자신을 완전히 치유해주리라 기대했다.

그러는 사이 봄이 왔다. 때가 되면 어김없이 찾아오는 아름답고 상냥한 봄이었으며, 식물도, 동물도, 사람도 함께 기뻐하는 그런 봄이었다. 이 사랑스러운 봄이 레빈에게 마음을 다시 다잡을 수 있게 해주었다. 그는 모든 과거와 결별하고 자신의 외롭고 독립적인 삶을 굳건히 세워나가겠다는 의지를 다지며 자신에게 힘을 불어넣었다.

마리야 니콜라예브나에게서 니콜라이 형의 건강이 악화되었다는 편지가 왔다. 그는 곧바로 모스크바로 형을 찾아가서 형을 의사에게 데려갔고, 형이 외국으로 온천 요양을 떠나도록 설득하는 데 성공했다. 그는 형의 기분을 상하게 하지 않고 여비를 빌려줄 수 있어서 기분이 좋았다.

레빈은 바쁜 농사일과 독서 외에도 겨울부터 농사에 관한 글을 쓰기 시작했다. 글의 주안점은 노동을 기후나 토양처럼 필수적인 요소로 간주하자는 것이었다. 그는 고독했지만, 아니, 바로 그 고독 때문에 그의 삶은 충만했다. 그리고 충만한 그의 삶처럼 봄도 완연히 제 모습을 드러냈다.

아침이면 눈부신 태양이 솟아올라 물 위에 깔려 있던 얇은 얼음을 재빨리 녹여버렸으며 따뜻한 대기가 소생한 대지 위에 아른거리는 아지랑이와 함께 흔들리고 있었다. 이미 자라고 있던 풀도 더 파릇파릇해졌고 새로 돋은 풀들은 바늘처럼 가는 싹을 내밀었다. 자작나무, 까치밥나무, 까마귀밥나무 눈들이 수액을 머금고 탱탱해져 있었으며 햇살에 황금빛으로 물든 나뭇가지 주변을 벌떼들이 윙윙거리며 날아다녔다.

눈에는 보이지 않는 종달새들이 눈 녹은 들판 위를 날아다니며 재잘거렸고 댕기물떼새들은 마치 콸콸거리며 흘러내리는 물에 보금자리를 빼앗겨 슬퍼하는 듯 우짖었다. 두루미와 야생 거위들은 봄을 알리는 듯 끼룩끼룩 소리를 내며 하늘 위로 날아올랐다.

채 털갈이가 끝나지 않아 털이 듬성듬성 남은 가축들이 목초지에서 풀을 뜯고 있었고 다리가 구부정한 어린 양들은 털이 빠진 어미 양 주변에서 뒤뚱거렸다. 아이들은 축축한 땅에 발자국을 남기며 맨발로 뛰어다녔으며 아낙네들은 연못가에서 빨래를 하며 즐겁게 수다를 떨었고 사방에서 농부들이 쟁기와 써레를 손보는 소리가 들렸다. 이제 정말로 봄이 온 것이다.

봄이 되자 레빈이 더욱 바빠진 것은 두말할 필요가 없었다. 그는 아침이면 커다란 장화를 신고 농지를 둘러보러 나선다. 그는 말을 타고 축사도 둘러보고, 수리할 농기구가 없는지 살펴본 후 들판으로 향한다. 기분이 한껏 좋아진 그는 한 해 농사 계획을 세우며 숲을 지나 영지를 둘러보고 집사와 농부들을 만나 여러 가지 일을 처리한 후 저녁 무렵에야 집으로 돌아온다. 집으로 돌아올 때쯤이면 그는 늘 기분이 한껏 고조되어 있기 마련이다.

그날도 그는 유쾌한 기분으로 하루 일을 마치고 집으로 돌아오고 있었다. 모든 일이 잘 돌아가고 있는 데다 소생하는 봄기운에 젖어 그는 한껏 즐거웠다. 그가 개울을 건너는데 오리 두 마리가 날아올랐다. '멧도요새도 있겠는걸'이라고 중얼거리며 그는 저녁을 먹고 나서 사냥을 하러 가야겠다고 생각하고 서둘러 말을 몰았다.

그가 집 가까이 이르렀을 때였다. 현관 쪽에서 마차 방울 소리가 들렸다. 그는 '이건 기차역에서 들려오는 마차 소리인데…… 누굴까?'라고 의아해했다. 그가 말을 몰아 아카시아 숲을 벗어났을 때 말 세 마리가 끄는 썰매 마차를 탄 신사의 모습이 보였다. 그의 모습을 알아보자 그는 두 손을 위로 쳐들며 반갑게 외쳤다.

"아니, 이게 누구야! 이거 정말 반가운 손님이 오셨군!"

스테판 오블론스키였다. 레빈에게는 순간적으로 키티가 결혼했는지, 아니면 언제 할 것인지 알 수 있으리라는 생각이 떠올랐다.

"왜, 내가 오면 안 되나? 나를 기다리지 않았던 것처럼 보이는군." 오블론스키가 마차에서 내리며 웃음 띤 얼굴로 말했다. "자네를 보러 온 거야. 사냥도 할 겸. 그리고 예르구쇼브에 있는 숲을 팔러 왔네."

"정말 반가워. 자, 어서 들어가세."

레빈은 그를 손님방으로 안내하며 하인들에게 짐을 옮기라고 지시했다. 가방, 케이스에 들어 있는 총, 시가 상자가 그의 짐이었다. 오블론스키가 방에서 여장을 풀고 몸을 씻는 동안 레빈은 집사를 찾아가 토끼풀과 경작지에 관해 이런저런 지시를 했다. 언제나 주인집의 명예에 신경을 쓰는 집사는 손님 대접 저녁 식사 준비를 어떻게 할 것인지 레빈에게 물었다.

"당신 좋을 대로 해요. 단, 빨리 준비하도록."

그가 집사의 집에서 돌아오자 깨끗하게 단장을 한 오블론스키가 방에서 나왔다. 그들은 함께 위층으로 올라갔다.

오블론스키는 레빈에게 이런저런 모스크바 소식을 전했다. 그중에는 특히 레빈의 큰 형 코즈니셰프가 이번 여름에 시골에 있는 영지로 옮길 것이라는 소식도 있었다. 하지만 오블론스키는 키티나 셰르바츠키 집안일에 대해서는 단 한 마디 말도 하지 않았다. 혼자 있을 때면 오만가지 생각에 젖어 있었지만 정작 그 생각을 나눌 상대가 없었던 레빈도 즐거운 마음으로 자기 생각을 쏟아냈다. 시골에서 봄을 맞이하는 즐거움, 농사일, 그가 읽은 책들에 관한 것, 자신의 저술 구상 등을 그는 쉬지 않고 이야기했고, 오블론스키는 부드러운 미소를 띠고 그의 말을 경청했다.

곧이어 둘은 함께 약초로 빚은 술, 빵, 버터, 소금에 절인 생선, 버섯, 쐐기풀 수프, 닭고기 등이 차려진 저녁 식사를 함께 했다. 백포도주도 곁들인 저녁을 들며 오블론스키는 평소와는 전혀 다른 식의 이 식사가 너무 마음에 들었다.

"훌륭해! 정말 훌륭해! 자네 집에 오니 마치 시끄러운 배에 타고 있다가 조용한 해변에 내린 기분이야." 식사를 마친 후 시가를 피우며 오블론스키가 말했다. "그런데 이제 사냥 갈 때가 되지 않았나?"

레빈은 숲 저편으로 뉘엿뉘엿 지는 해를 바라보며 말했다.

"그래, 맞아."

이어서 그는 아래층을 향해 큰 소리로 외쳤다.

"어이, 쿠지마! 마차를 준비해줘."

사냥터는 집에서 그다지 멀지 않았다. 작은 미루나무들이 자라고 있는 개울가 근처였다. 마차에서 내린 레빈은 오블론스키를 눈이 녹아 질척대는 풀밭 가장자리로 데리고 갔다. 그리고 자신은 뒤로 돌아와 그의 맞은편으로 갔다. 그들을 뒤따라온 늙은 잿빛 개 라스카는 귀를 쫑긋 세우고 그의 앞에 앉아 있었다. 눈이 아직 채 녹지 않은 울창한 숲에서는 시냇물이 들릴락 말락 졸졸 소리를 내며 흘러가고 있었다.

레빈은 앞쪽을 응시했다. 멀리서 희미하게 새들이 끼룩거리는 소리가 들리더니 잠시 후 검푸른 하늘을 배경으로 미루나무 꼭대기 위에 새떼가 나타났다. 새떼는 레빈의 정면을 향해 날아오고 있었고 레빈은 멧도요새의 긴 부리와 목을 분명히 알아볼 수 있었다. 레빈이 총을 겨누려던 바로 그 순간 오블론스키가 서 있던 덤불에서 불이 번쩍하더니 총소리가 울렸다. 새 한 마리가 날개를 파닥이더니 마치 돌멩이처럼 땅으로 떨어졌다.

"놓친 건가?" 연기 때문에 새가 떨어지는 것을 보지 못한 오블론스키가 말했다.

"저기 있잖은가."

레빈이 손가락으로 라스카를 가리키며 말했다. 라스카는 털이 복슬복슬한 꼬리를 흔들며, 마치 웃는 듯한 표정으로 새를 물고 와서 주인 앞에 내려놓았다.

그날 사냥은 훌륭했다. 오블론스키는 멧도요새 두 마리를 더 잡았고 레빈도 두 마리를 잡았지만 한 마리는 찾지 못했다. 어둠이 깔리기 시작하고 서쪽 하늘에서 은빛 금성이, 동쪽 하늘에서는 황소 별자리의 별들이 반짝이고 있었다. 멧도요새 무리들은 더 이상 날아오지 않았다.

"이제 돌아갈 때가 되지 않았나?" 오블론스키가 레빈에게 말했다.

숲은 정적에 싸여 있었다. 그때 레빈이 불현듯 오블론스키에게 물었다.

"이보게, 스티바! 자네 처제가 시집을 갔는지, 혹은 언제 갈 건지 왜 내게 말해주지 않는 건가?"

레빈은 친구가 그 어떤 대답을 하더라도 흔들리지 않을 자신이 있었다. 그런데 오블론스키가 전혀 뜻밖의 대답을 했다.

"처제는 결혼할 생각이 없었어. 지금도 그런 생각은 없고. 몸이 안 좋아서 의사들이 그녀를 외국으로 보냈다네. 목숨까지 걱정할 정도인가 봐."

"뭐야!" 레빈이 외쳤다. "아프다고? 도대체 어떻게 된 거야? 어떻게 그녀가……?"

그때 갑자기 멧도요새 끼룩대는 소리가 들렸다. 곧이어 두 발의 총성이 동시에 울렸고 도요새 한 마리가 숲속으로 떨어졌다. 레빈은 라스카와 함께 숲속으로 뛰어갔다.

제7장

집으로 돌아오는 동안 레빈은 키티의 병에 대해 자세히 물었다. 인정하기 부끄러운 일이었지만 그는 그 소식을 처음 듣는 순간 기뻤다. 아직 희망이 있기 때문이었고 그에게 그토록 큰 아픔을 준 그녀 역시 아프다는 사실 때문이었다.

하지만 스테판 오블론스키가 브론스키의 이름을 언급하며 키티가 병이 난 이유를 설명하려 하자 레빈은 그의 말을 잘랐다.

"나에게 남의 집안일을 소소히 알 권리는 없다네. 사실 관심도 없고."

오블론스키는 레빈의 얼굴 표정이 변한 것을 눈치채고 미소를 지었다. 조금 전까지만 해도 그토록 밝던 표정이 어둡게 변해 있었던 것이다.

레빈이 화제를 바꾸려는 듯 오블론스키에게 물었다.

"자네 숲을 랴비닌에게 판다고 했지? 그래, 협상은 끝났나?"

"끝났다네. 아주 좋은 가격이야. 3만 8,000루블이야. 8,000은 당장 받고 나머지는 6년에 걸쳐 받기로 했네. 내놓은 지 오래 됐는데, 그 이상 주겠다는 사람이 없었어."

"그러니까 나무들은 공짜로 넘기겠다는 거 아닌가?"

"공짜라니? 나도 다 계산해봤어."

"자네가 뭘 알아서 계산했겠나? 그 숲의 나무들은 에이커당 150루블은 나간다고. 자네가 랴비닌에게 3만 루블은 희사한 셈 이야."

"흥분하지 말게. 자네 지금 기분이 안 좋군 그래."

그들이 집에 도착했을 때 마차가 한 대 도착해 있었다. 방금 그들의 화제에 올랐던 랴비닌이 타고 온 마차였다. 랴비닌은 큰 키에 홀쭉한 중년의 사내로서 콧수염을 기르고 있었고 흐리 멍덩한 눈이 앞으로 튀어나와 있었다.

그를 보자 레빈이 얼굴을 찡그리며 오블론스키에게 프랑스 어로 말했다.

"자, 서재로 가게나. 거기서 이야기를 나누게."

셋은 함께 서재로 올라갔다. 레빈은 총을 서랍장에 넣은 뒤

둘을 남겨놓고 밖으로 나갔다.

　잠시 후 랴비닌이 떠났고 오블론스키는 밝은 얼굴로 응접실로 들어왔다. 산림 매매건도 마무리 지었겠다, 계약금이 주머니에 두둑하겠다, 사냥도 멋졌겠다, 그는 기분이 날아갈 듯 상쾌했다. 그는 레빈의 기분을 풀어주고 싶었다.

　실제로 레빈은 기분이 별로 좋지 않았다. 그는 자신이 좋아하는 친구를 상냥하게 대하려고 애를 썼지만 마음먹은 대로 되지 않았다. 키티가 시집을 가지 않았다는 사실, 그녀가 병이 났다는 사실이 조금씩 그의 자존심에 상처를 주기 시작한 것이다.

　레빈은 키티가 그녀를 버린 남자 때문에 병이 났다는 사실에 모욕감을 느꼈다. 그녀는 레빈을 버렸고 브론스키는 그녀를 버렸다. 결국 브론스키는 레빈을 마음껏 비웃을 수 있게 된 것이었으며, 따라서 그는 자기의 적이 된 것이었다.

　물론 레빈이 이 모든 것을 찬찬히 생각한 것은 아니었다. 다만 이 일에서 뭔가 모욕감을 어렴풋이 느꼈을 뿐이었다. 그런 마당에 오블론스키가 사기꾼에게 숲을 헐값에 팔아넘기는 꼴을 보니, 그것도 바로 자기 집에서 그런 일이 벌어졌다고 생각하니 화가 치밀었다.

제2부

"그래, 끝났나?"

"응"

"밤참 좀 들겠나?"

"좋지. 시골에 있으니 어찌나 식욕이 당기는지, 정말 놀랄 지경이야. 그런데 왜 그렇게 기분이 좋지 않은가?"

"그걸 몰라? 자네가 바보 같은 거래를 해서 그런 거지."

"됐네, 그만하세! 이미 끝난 거래인데 어쩔 수 없잖은가? 아, 오믈렛이 왔군. 내가 아주 좋아하는 요리야. 아가피야가 그 맛있는 약초 술도 가져오겠지?"

밤참을 드는 동안 레빈은 여전히 침울한 채 말이 없었다. 사실 그는 오블론스키에게 꼭 묻고 싶은 게 한 가지 있었다. 하지만 언제 어떤 식으로 물어야 할지 갈피를 잡지 못하고 있었다. 식탁에 앉아 있는 내내 그는 그 질문을 꺼내지 못하다가, 식사가 끝나고 오블론스키가 자리에서 일어나려 하자 불쑥 물었다.

"그런데 브론스키는 지금 어디 있나?"

그는 브론스키가 어떤 사람인지 그에 대해 묻고 싶었던 것이다.

"브론스키?" 하품을 하던 오블론스키가 손으로 입을 가리며 말했다. "페테르부르크에 있지. 자네가 모스크바를 떠난 지 얼마 되지 않아 그 친구도 떠났어. 그 뒤로 모스크바에는 한 번도 오지 않았네. 이봐, 코스챠, 내가 진실을 말해줄까?"

오블론스키는 탁자에 팔을 괴고 손바닥에 잘생긴 얼굴을 올려놓으며 말했다.

"다 자네 잘못이야. 자네는 오로지 자네 생각만 하면 됐을 것을 라이벌에게 지레 겁을 먹었던 거야. 자네가 더 밀어붙였어야 했어. 내 생각에는 자네에게 더 기회가 있었어."

레빈은 속으로 '이 친구가 내가 청혼했던 사실을 아는 건가, 모르는 건가'라고 의아하게 생각했다. 그는 자신의 얼굴이 붉어지는 것을 느끼며 아무 말 없이 오블론스키의 반짝이는 눈을 쳐다보았다. 오블론스키가 계속 말을 이었다.

"키티는 브론스키의 겉모습에 반했던 거야. 브론스키가 귀족인데다 사교계에서 차지할 미래의 위치를 생각하고 반한 거지. 사실 키티가 반한 것도 아니야. 실은 그녀의 어머니, 그러니까 나의 장모님이 반한 거지."

레빈은 얼굴을 찌푸렸다.

"잠깐, 자네 귀족이라고 말했나?" 레빈이 친구의 말을 가로막고 말했다. "하나만 물어보겠네. 도대체 브론스키라든지 그비슷한 사람들의 귀족주의라는 게 뭔가? 그게 도대체 뭐기에 나를 얕잡아 볼 수 있다는 건가? 아니, 자네는 브론스키가 귀족이고 나는 아니라고 생각하는 건가? 그의 아비는 오로지 술책으로 출세했고 그 어미는 살을 섞지 않은 남자가 없을 정도인데⋯⋯.

그래, 미안한 말이지만 나는 나를 귀족이라고 생각하네. 가문도 그렇고 고등교육도 받았으며 그 누구에게도 비열하게 군 적이 없고 치사하게 누구에게 매달린 적도 없는 사람들⋯⋯ 우리 할아버지와 아버지 같은 사람을 말하는 거라네.

자네는 숲의 나무를 제대로 세는 걸 하찮은 일이라 여기지. 하지만 그런 자네는 랴비닌 같은 놈에게 3만 루블을 거저 주지 않았나? 자네는 봉급이 있지만 나는 그런 게 없어서 조상에게서 물려받은 것과 내 노동으로 일군 것을 귀하게 여긴다네. 맞아, 우리가 귀족이지 브론스키 같은 사람들이 귀족이 아니야. 이 세상에서 힘깨나 있는 사람들이 던져주는 걸 받아먹으며 살아가는 사람들, 그저 푼돈으로 매수할 수 있는 사람들은 귀족이 아니라고."

"자네, 지금 누구를 공격하는 건가? 어쨌든 나는 자네 말에 동의해." 레빈이 푼돈으로 매수할 수 있는 사람들이라 말한 범주에 자신도 속한다는 것을 느끼며 오블론스키가 말했다. 하지만 그는 레빈이 생기를 되찾은 것이 반가워서 즐거운 어투로 말했다. "자네가 브론스키 같은 사람들에 대해 말한 게 대부분 사실이 아니지만 그 이야기는 더 이상 하지 않겠네. 자, 단도직입적으로 말하지. 내가 자네라면 당장 모스크바로 가겠네. 그런 다음에……."

"안 돼. 자네가 아는지 모르겠지만, 나는 카테리나(키티) 알렉산드로브나에게 청혼했다가 거절당한 사람이야. 그녀는 이제 내게 고통스럽고 수치스러운 기억일 뿐이야. 다 끝난 일일세."

제8장

브론스키의 내면의 삶은 온통 사랑의 열정에 사로잡혀 있었지만 밖으로 보이는 생활은 조금도 변함이 없었다. 그는 여전히 사교계에 드나들었으며 부대에서의 생활도 이전 모습대로 흘러갔다.

그는 자신의 연애에 대해 그 누구에게도 이야기하지 않았다. 하지만 브론스키의 연애는 이미 도시 전체에 널리 알려져 있었고 젊은 사람들은 그를 부러워했다. 둘 사이의 연애가 안고 있는 난관, 바로 그것 때문에 그들은 그를 부러워한 것이었다. 카레닌의 지위가 높아 그 관계가 사교계의 큰 주목을 받을 수밖에 없다는 점이 바로 그 난관이었다.

한편 안나를 질투하며 누군가 안나가 정숙하다는 이야기를 하면 입을 삐죽 내밀었던 젊은 여성들은 자기네 짐작이 맞았다며 기뻐했다. 그녀들은 안나에 대한 사교계의 평판이 모멸로 바뀔 결정적인 순간을 기다리며 기꺼이 진흙덩어리를 던질 준비를 하고 있었다.

브론스키의 어머니는 아들의 연애 소문을 듣고 처음에는 기뻐했다. 그녀가 보기에 상류층 사회에서 일어나는 연애 사건은 젊은 사내의 매력을 완성시키는 화룡점정이었다. 또한 매번 아들 이야기만 늘어놓던 안나 카레니나가 실은 자신과 다를 바 없는 '단정한' 사교계 여자임을 확인할 수 있던 때문이었다. 하지만 아들이 오로지 안나와 자주 만날 기회를 마련하기 위해 요직으로의 전근을 거절하고 지금 근무하고 있는 부대에 그대로 머물고 있다는 사실, 이 연애 사건이 높은 분들의 심기를 불편하게 만들었다는 사실 등을 알게 되자 그녀의 견해가 바뀌었다. 게다가 둘의 관계에 대해 알아가면 알아갈수록 아들의 연애는 그녀가 환영해마지않는 멋진 사교계 연애가 아니라 베르테르적인 절망적 정열에 이끌리는 연애로 보였다. 사람들이 그가 어리석은 행동을 저지를 수도 있다고 입방아를 찧고 있었던 것이다.

브론스키의 형 역시 그에게 불만이었다. 현역 대령인 그는 이 사랑이 오래 갈 수 있는 위대한 사랑인지 그저 일순간의 불장난인지 알지도 못했고 관심도 없었다. 다만 출세를 위해 잘 보여야 하는 사람들이 그 사랑을 못마땅하게 여기고 있다는 이유만으로 동생의 행실에 찬성하지 않았다.

업무와 연애 이외에 브론스키가 푹 빠져 있는 것이 또 하나 있었다. 바로 말이었다. 그는 열렬한 말 애호가였다. 그리고 그해 여름에는 장교들의 장애물 말 경주가 예정되어 있었다. 브론스키는 출전 신청을 한 뒤 순종 영국산 암말을 구입하고 그 말에 '프루-프루'라는 이름을 붙였다. 그는 장애물 경주를 가슴 설레며 기다렸다. 연애 와중이었지만 두 정열은 상충되지 않았다. 반대로 그에게는 연애와는 별개로 심취할 대상이 필요했다. 그를 그토록 흥분시키는 격렬한 열정을 잠시 잠재우고 그 안에서 휴식을 취하기 위해서였다.

아름다운 마을이라는 뜻의 크라스노예 셀로에서 경주가 열리는 날 브론스키는 어머니와 형으로부터 편지를 받았다. 내용은 역시 그가 예상하던 대로였다. 어머니와 형이 그의 '마음에 관한 일'에 끼어든 것이었다. 그는 어머니와 형을 향해 맹렬한 적개심을 느꼈다. 이전에는 결코 없던 일이었다.

'도대체 무슨 상관이람! 왜 모두 내 문제에 간섭하려 드는 거야? 왜 나를 못살게 구는 거야? 맞아, 그들이 이해할 수 없어서 그러는 거야. 이게 평범하고 속된 치정 관계라면 나를 그냥 내버려두었을 거야. 그들은 이건 뭔가 다르다, 이건 단순한 장난이 아니다, 라고 느끼고 있는 거야. 그녀가 내게 목숨보다 중요하다는 것을 느끼고 있는 거야. 행복이 뭔지도 모르면서 우리를 가르치겠다는 거야, 뭐야? 이 사랑이 없으면 우리에게는 행복도, 불행도, 삶 자체도 없다는 걸 모르면서 말이야.'

그는 훼방꾼들에게 화가 났다. 실은 그들이 옳다는 것을 마음속에서 느끼고 있던 때문이었다. 그와 안나를 이어주는 사랑은 결코 순간적인 불장난이 아니었다. 즐겁다거나 불쾌하다는 흔적 외에는 아무것도 남기지 않고 사라져버리는 사교계 연애와는 달랐다. 그는 그들이 처한 고통스러운 상황, 사람들의 눈앞에서 그들이 겪어야만 하는 온갖 어려움을 생생하게 느끼고 있었다. 그는 그들의 눈에 모든 것을 감추어야 했고 거짓말을 해야 했으며 그들을 속여야 했고, 수없이 꾀를 짜내야만 했다. 둘 사이의 정열이 하도 강해서 그 외에는 모두 잊어버리게 되는 순간에도 그들은 다른 사람들을 의식해야만 했다.

그는 거짓말과 기만이 필요했던 수많은 순간들을 상기했다.

그의 체질에는 맞지 않는 일이었다. 그는 또한 거짓말을 해야만 하는 순간 안나가 얼마나 수치스러워 했는지, 그 모습도 또렷이 떠올랐다. 그는 생각했다.

'그렇다. 이전에 그녀는 불행했을지 몰라도 도도하고 평온했다. 비록 겉으로 드러내 보이지는 않지만 이제 그녀는 더 이상 그렇지 못하다. 계속 이럴 수는 없다.'

그에게 처음으로 이런 거짓과 숨김의 삶을 끝내야겠다는 생각이, 빠르면 빠를수록 좋으리라는 생각이 명료하게 떠올랐다.

'그래, 그녀와 내가 모든 것을 다 버리고 어디론가 떠나야 해. 오로지 우리들의 사랑만 간직한 채.'

경주가 몇 시간 남지 않았을 시각, 브론스키는 질퍽질퍽한 길을 마차를 몰아가고 있었다. 한동안 무섭게 퍼붓던 폭우가 그치고 해가 다시 구름 뒤에 모습을 드러냈다. 브론스키는 이 폭우 때문에 경주가 취소되면 어쩌나 하는 걱정, 조금 전까지 하던 그 걱정을 더 이상 하지 않았다. 그는 그녀가 집에 혼자 있을 수 있으리라는 생각, 최근에 외국으로 온천욕을 갔다 온 그녀의 남편이 폭우 때문에 분명히 페테르부르크에 그대로 머물러 있으리라는 생각에 기쁘기만 했다. 그는 지금 경주 장소 가까이 있는 안나 카레니나의 별장을 향해 가는 중이었다. 그는 벌써 며칠째 그녀를 만나지 못했기에 경주가 시작되기 전 그녀를 꼭 만나고 싶었다.

여느 때처럼 남의 눈을 의식해서 마차를 멀찌감치 세운 뒤 그는 걸어서 정원 쪽을 통해 집안으로 들어갔다. 그는 안나에게 오늘 찾아오겠다고 약속하지 않았으며 안나도 경주 당일 그가 찾아오리라는 생각은 하지 않고 있음에 틀림없었다. 그는 안나를 놀라게 해주려고 살금살금 모래를 밟으며 뜰을 향해 나 있는 테라스로 다가갔다. 이제 브론스키는 마차를 타고 오며 생각했던 모든 어려움을 다 잊고 있었다. 오로지 그녀를 곧 보게 된다는 사실, 상상 속의 그녀가 아니라 실제로 살아 있는 그녀를 보게 된다는 사실에 가슴이 설렐 뿐이었다.

그에게 신경 쓰이는 것은 오로지 그녀의 아들 세료자였다. 그런데 그날은 그 애도 별장에 없었다. 안나는 테라스에 앉아 아들을 기다리고 있었다. 아들은 산책을 나갔다가 비를 만난 것이었다. 안나는 하녀 두 명을 아들을 찾으러 보낸 뒤에 테라스에 앉아 아들을 기다리는 중이었다.

안나가 인기척을 느끼고 고개를 돌렸다.

"아니, 당신이? 어떻게…… 정말 놀랐어요. 나 혼자 있어요. 산책 나간 세료자를 기다리고 있어요."

그녀는 진정하려고 애를 썼으나 입술이 떨리는 것을 어쩔 수 없었다.

"불쑥 찾아와서 미안해요. 하지만 당신을 보지 않고 며칠을 그냥 흘려보낼 수가 없어서······." 브론스키는 프랑스어로 말했다.

"미안하기는요. 난 너무 기뻐요."

"그런데 어디 안 좋아요? 안색도 안 좋고 손도 이렇게 차가우니······ 좀 슬픈 것 같아요. 무슨 생각을 하고 있었어요?"

"늘 같은 생각이죠."

사실이었다. 언제 어디서 물어도 그녀는 그렇게 똑같이 대답했을 것이다. 그녀는 자신의 행복과 불행에 대해 생각하고 있었다. 벳시 같은 여자에게는 쉬운 일이 왜 자신에게는 이토록 고통스러운지 그녀는 알 수 없었다.

브론스키가 말했다.

"하지만 지금 당신은 다른 때와 달라요. 제발 말해주세요. 무슨 일이지요? 제발 말해주세요."

그녀는 말없이 있었다. 하지만 그가 재차 재촉하자 그녀가 낮은 목소리로 천천히 말했다.

"나, 임신했어요."

브론스키는 부드러운 눈길로 그녀를 쳐다보고는 손에 입을 맞춘 뒤 아무 말도 하지 않고 테라스 위를 거닐었다. 그는 속으로 이제 운명은 결정되었다고, 이 기만적인 삶을 끝내야 한다고, 이제 둘이 당당하게 결합한 새로운 삶을 시작해야 한다고 생각했다.

잠시 후 하녀와 함께 세료자가 왔다.

"그럼 잘 가요. 빨리 경마장으로 가야지요. 저도 갈 거예요. 벳시가 저를 데리러 온다고 약속했어요."

브론스키는 그날 밤 1시에 다시 그녀와 만나기로 은밀히 약속하고 시계를 들여다본 후 서둘러 그곳을 떠났다.

제9장

그날 경주는 몇 차례 치러졌고 브론스키가 출전할 경주는 마지막 4킬로미터 장애물 경주였다. 그는 경마장으로 가다가 뜻밖의 친구를 만났다. 바로 오블론스키였다. 브론스키는 다음 날 장교 클럽에서 만나기로 그와 약속하고 총총히 마사(馬舍)로 향했다.

잠시 후 그는 이제 애마처럼 여기게 된 프루-프루의 등에 올라탄 채 출발 장소인 개울가에 서 있었다. 경주에 나선 장교는 모두 열일곱 명이었지만 브론스키는 자신이 있었다. 경주는 관람석 앞의 넓은 타원형 코스에서 열렸다. 이 코스에는 개울, 관람석 바로 앞에 설치된 1.5미터 높이의 담장, 물이 없는 깊은 구덩이와 물을 채운 구덩이, 비탈길, 흙더미로 만든 아일랜드식의 둑(가장 위험한 장애물이었다. 나뭇가지를 채운 흙담이 가로 막고 있어서 그 뒤에 있는 구덩이가 말에게는 보이지 않았다)으로 이루어져 있었고 그밖에도 물이 차 있는 웅덩이 둘과 물이 없는 웅덩이 하나 등, 모두 아홉 개의 장애물로 이루어져 있었으며 결승점은 관람석 맞은편에 있었다.

이윽고 출발 신호가 울렸고 경주가 시작되었다. 원래 신경이 예민한 프루-프루가 지나치게 흥분해 있었기에 브론스키는 출발이 늦었다. 하지만 첫 번째 장애물인 개울에 다다르기도 전에 브론스키는 다른 말들을 거의 다 제쳤고 앞에는 두 마리 말밖에 없었다. 그런데 개울을 뛰어넘다가 앞서 달리던 말 한 마리가 그대로 곤두박질쳤다. 우승 후보 중의 한 명인 쿠조볼레프가 타고 있던 말이었다. 이제 앞선 말은 한 마리밖에 없었다. 마호틴이 몰고 있는 글래디에이터로서 브론스키가 가장 치열한 경쟁 상대로 꼽고 있던 말이었다. 프루-프루는 날렵한 몸매였지만 글래디에이터는 육중한 몸매를 자랑하고 있었다. 브론스키는 관람석에서 쏠리는 시선을 의식하기는 했지만 사실상 그의 눈에는 프루-프루의 귀와 목, 앞서 달리는 글래디에이터의 엉덩이와 흰 다리 외에는 보이지 않았다. 담장을 뛰어넘은 뒤 프루-프루와 글래디에이터는 나란히 달렸고, 구덩이 둘을 뛰어넘고 비탈길을 달리게 되면서 드디어 프루-프루가 글래디에이터를 추월했다. 관람석에서 환호성이 울렸다.

바로 뒤에서 글래디에이터가 내뿜는 콧김을 느낄 수 있었지만 브론스키는 말에 박차를 가하며 승리를 자신했다. 프루-프루는 다른 장애물들을 쉽게 뛰어넘었고 이제 가장 어려운 장애물인 아일랜드식 담장이 눈앞에 나타났다. 이 장애물만 넘는다면 1등은 따 논 당상이었다. 프루-프루는 주저하지 않고 담장과 구덩이를 동시에 뛰어넘더니 사뿐히 착지했다.

"브라보! 잘한다, 브론스키!" 관람석에서 함성이 들렸다. 부대 동료들이었다.

'오, 나의 귀염둥이! 해냈구나!'

브론스키는 말에 박차를 가하며 한껏 기분이 고조되었다. 뒤에서 글래디에이터의 말굽 소리가 들렸다. 글래디에이터도 해낸 것이다. 이제 마지막으로 1.5미터 정도 너비의 구덩이만 남아 있었다. 쉬운 장애물이었다. 프루-프루는 거친 숨을 몰아쉬며 안간힘을 내고 있었다.

말이 마지막 안간힘을 다해 도약했다. 마치 새 같았다. 순간 브론스키는 방심했던 탓인지 엄청난 실수를 저질렀다. 자신의 몸동작을 말 동작의 리듬에 맞추지 못한 것이다. 말이 도약해서 착지하는 순간 그는 안장에 제대로 내려앉지 못하고 몸이 옆으로 기우뚱하면서 발이 땅에 닿고 말았다. 착지하던 프루-프루는 그의 발이 땅에 닿은 쪽으로 그만 넘어지고 말았다. 바로 옆을 글래디에이터가 바람처럼 지나갔다.

브론스키는 말 옆구리가 땅에 닿기 전에 겨우 발을 빼낼 수 있었지만 프루-프루는 척추를 다쳐버렸다. 브론스키는 얼른 자리에서 일어났다. 하지만 말은 마치 총에 맞은 새처럼 옆으로 누운 채 몸을 꿈틀거리며 애처로운 눈길로 주인을 바라보고 있을 뿐이었다.

브론스키는 얼굴이 창백해진 채 두 손으로 머리를 감싸고 자책했다.

"오, 내가 무슨 짓을 저지른 거지! 순전히 내 잘못으로 경주도 진 데다 이 불쌍하고 사랑스런 말에게 몹쓸 짓을! 오, 도저히 용서할 수가 없어! 오, 대체 무슨 짓을!"

말은 상처를 입었지만 브론스키는 멀쩡했다. 브론스키는 땅에 뒹굴고 있는 모자를 집을 생각도 못한 채 거의 넋이 빠진 듯 경마장 밖으로 걸어갔다. 그는 자신이 어디로 가고 있는지도 몰랐다. 그저 참담할 뿐이었다. 그는 생전 처음으로 지독한 불행을 맛보았다. 도저히 치유할 수 없는 불행이었으며 그가 직접 초래한 불행이었다.

　동료 한 명이 그의 모자를 들고 쫓아와 그를 집까지 바래다 주었다. 브론스키는 30분이 지나서야 제정신이 들었다. 하지만 그 경주는 그의 삶에서 가장 쓰리고 아픈 추억으로 오랫동안 남았다.

제10장

카레닌과 안나의 관계는 겉보기에는 이전과 아무런 변화가 없었다. 일이 한층 바빠진 카레닌은 봄이 오자 늘 그랬듯이 기력 회복을 위해 온천 여행을 떠났고, 7월에 돌아와 더욱 원기 왕성하게 일에 몰두했다. 평소처럼 안나는 여름 별장에서 지내고 있었고 카레닌은 페테르부르크에 남아 있었다.

경주가 있던 날 카레닌은 무척 바빴다. 하지만 그는 짬을 내서 경마장에 갔다. 궁정 주요 인사들이 모두 그곳에 있었기에 그도 거기 있어야만 했다. 게다가 그날은 아내에게 생활비를 주는 15일이기도 했다.

카레닌이 경마장에 나타났을 때 안나는 이미 귀빈석 벳시 옆에 앉아 있었다. 카레닌의 모습을 알아본 벳시 공작 부인이 그에게 소리쳤다.

"알렉세이 알렉산드로비치! 부인을 찾고 계시지요? 여기 우리와 함께 있어요!"

카레닌은 특유의 차가운 미소를 지은 채 귀빈석 쪽으로 다가오며 말했다.

"어휴, 여긴 눈이 부실 지경으로 휘황찬란하군요."

그는 안나에게 미소를 지어보였다. 마치 방금 전까지 함께 있던 아내를 다시 만나 짓는 미소 같았다. 그는 벳시 공작 부인과 다른 지인들에게도 의당해야 하는 식으로 인사를 했다. 즉 귀부인들에게는 농담을 했고 남자들과는 친밀하게 인사를 나누었던 것이다.

그들 바로 아래 자리에 카레닌이 그 지성과 학식을 매우 높이 평가하는 장군이 한 명 서 있었고 카레닌은 그와 이야기를 나누었다. 귀빈석에 함께 있던 스테판 오블론스키는 벳시 공작 부인에게 누가 이길 것인지 내기를 하자고 제안했고, 벳시는 받아들였다. 벳시는 쿠조볼레프에 걸었고, 오블론스키는 브론스키에게 걸었다. 내기 상품은 장갑 한 켤레였다.

이윽고 경주가 시작되었고 사람들은 대화를 중단했다. 카레닌은 경주에 흥미가 없었기에 따분하다는 듯 관중석을 둘러보다가 시선이 안나에게서 멈추었다.

안나의 얼굴은 창백하게 굳어 있었다. 오로지 한 사람에게만 집중하고 있음을 훤히 알 수 있었다. 카레닌은 잠시 그녀의 얼굴을 바라보다가 눈길을 돌려 다른 여자들을 바라보았다.

'저기 저 여자도 그렇고, 흥분한 여자들이 많이 있군. 아내가 흥분하는 것도 자연스러운 일이야'라고 그는 스스로를 달랬다.

그는 안나를 쳐다보지 않으려 애썼다. 하지만 자신도 모르게 아내에게로 눈길이 갔다. 그는 아내의 얼굴을 찬찬히 살펴보았다. 그리고 그 표정에 명백히 드러나 있는 것을 읽지 않으려 애썼다. 하지만 그의 의지와는 상관없이, 그가 정말로 알고 싶지 않은 것이 그 얼굴에 드러나 있음을 확인하고는 경악했다.

쿠조볼레프가 넘어졌을 때 큰 소동이 일었다. 하지만 안나의 얼굴 표정을 보고 카레닌은 그녀가 주시하고 있는 남자가 넘어지지 않은 것을 분명히 알 수 있었다. 그녀의 얼굴은 여전히 창백했지만 어딘지 의기양양해 있는 것 같았다.

브론스키와 마호틴이 아일랜드식 담장을 뛰어넘은 뒤 그들 뒤에 따라오던 장교가 곤두박질을 쳐서 치명상을 입었을 때도, 모든 사람들이 웅성웅성했음에도 불구하고 안나는 주위 사람들이 도대체 왜 그러는지, 무슨 말을 하는지 이해하지 못하겠다는 표정을 짓고 있는 것을 카레닌은 똑바로 보았다. 카레닌은 더욱더 자주, 더욱더 집요하게 안나를 응시했다. 안나는 온통 브론스키에게 정신이 팔려 있었음에도 불구하고 옆에서 자신을 주시하는 남편의 차가운 눈길을 알아차렸다.

그녀는 잠시 눈길을 돌려 남편을 바라보았다. 마치 왜 그러느냐고 묻는 것 같은 눈길이었다. 그녀는 남편에게 흘낏 시선을 던진 뒤 마치 '당신이 뭐라고 하건 상관없어!'라고 말하듯 고개를 돌리고는 더 이상 그를 쳐다보지 않았다.

이날 경주는 불운했다. 열일곱 명의 장교들 중 절반 이상이 낙마하고 부상을 입었다. 경주가 끝날 무렵 분위기는 뒤숭숭해졌고 이 경주를 관람한 황제가 언짢아한다는 이야기가 전해지자 "이게 경마장이야, 아니면 검투장이야!"라며 노골적으로 불만을 표시하는 사람까지 있을 정도였다.

브론스키가 낙마했을 때 사람들의 흥분은 절정에 달해 있었다. 따라서 안나가 큰 소리로 비명을 질렀지만 아무도 이상하게 생각하지 않았다. 하지만 다음 순간 안나의 얼굴에 나타난 표정은 상식이나 예의에서 벗어나 있었다. 그녀는 거의 정신이 없었으며 마치 사람 손에 잡힌 새가 어쩔 줄 모르며 날개를 파닥이는 것 같았다. 그녀는 안절부절못한 채 몸을 일으켜 어디론가 가려는 듯한 몸짓을 하며 벳시에게 말했다.

"가요! 우리 가요!"

하지만 벳시는 아래쪽으로 몸을 굽히고 어느 장군과 이야기를 하느라 그녀의 말을 듣지 못했다. 순간 카레닌이 안나에게 다가와 정중하게 손을 내밀며 말했다.

"당신이 원한다면 갑시다."

하지만 안나는 남편의 말에 대꾸하지 않았다. 쌍안경을 눈에 대고 브론스키가 낙마한 곳을 바라보느라 정신이 없었던 것이다. 하지만 망원경으로도 그곳은 잘 보이지 않았다. 카레닌이 다시 그녀에게 말했다.

"다시 한번 말하는데, 정말 저곳으로 가고 싶다면 내 팔을 잡으시오."

"싫어요. 제발 내버려둬요." 안나는 역겹다는 듯 남편으로부터 몸을 멀리 하며 말했다.

그때 한 장교가 달려와서 말의 허리가 부러져 사살했고 기수는 무사하다는 소식을 전했다. 그 말을 듣고 안나는 털썩 주저앉으며 부채로 얼굴을 가렸다. 카레닌은 눈물을 흘리는 정도가 아니라 아예 흐느끼는 아내의 모습을 보았다. 카레닌은 남들이

볼세라 몸으로 그녀를 가린 채 진정할 시간을 주었다.

"자, 세 번째로 말하겠소. 나와 함께 갑시다." 그가 다시 팔을 내밀며 안나에게 말했다. 안나는 겁에 질린 얼굴로 주위를 둘러보더니 남편의 팔에 손을 얹었다. 그리고 거의 넋이 나간 상태에서 남편과 함께 관람석을 빠져나왔다.

관람석을 빠져나와 마차에 오르면서 안나는 온통 '정말 안 다쳤을까? 아, 다쳤으면 어쩌지? 오늘 그이가 올까, 안 올까?'라는 생각뿐이었다.

마차에 오르자 카레닌이 드디어 입을 열었다.

"당신에게 할 말이 있소."

안나는 '이제 올 것이 왔군'이라고 생각하며 두려움을 느꼈다.

"오늘 당신의 행동이 부적절했다고 말할 수밖에 없소." 카레닌이 프랑스어로 말했다.

"뭐가 부적절했다는 건가요?" 고개를 들어 카레닌을 빤히 쳐다보며 안나가 말했다. 그 무언가 감추려 할 때 짓곤 하던 명랑한 표정이 아니었다. 그녀는 정색을 하고 있었다. 하지만 그 표정 아래 숨겨져 있는 두려움을 감추지는 못했다.

그가 아무 말이 없자 그녀가 재촉했다.

"말해주세요. 어떤 게 부적절했다는 거지요?"

"기수 한 명이 낙마했을 때 당신이 절망감을 감추지 못하고 드러낸 것을 말하는 거요."

카레닌은 그녀의 대답을 기다렸다. 어쩌면 항의하기를 기다리고 있었는지도 모른다. 하지만 안나는 말이 없었다. 그가 다시 입을 열었다.

"내가 이미 당신에게 이르지 않았소? 사교계에서 나쁜 말이 나오지 않도록 처신을 잘 하라고 말이오. 그런데 당신은 오늘 부적절한 행동을 했소. 다시는 그런 일이 없기를 바라오."

하지만 안나는 그의 말을 거의 듣지 않고 있었다. 그녀는 오로지 브론스키의 안위만 걱정하고 있었다. 카레닌은 아내의 얼굴에 자신을 비웃는 웃음이 떠오르기를, 자신의 말이 터무니없다는 반박이 나오기를 간절하게 기다리고 있었다.

그러나 그녀는 여전히 겁에 질린 얼굴로 거짓말조차 하지 않고 있었다. 그가 참지 못하고 말했다.

"어쩌면 내가 잘못 본 것인지도 모르겠소. 그렇다면 용서해 주구려."

"아니에요. 당신이 잘못 본 게 아니에요. 나는 정말로 절망했던 거고, 절망할 수밖에 없었어요. 난 당신 말을 들으면서 그 사람을 생각해요. 나는 그를 사랑해요. 난 그 사람 애인이에요.

나는 당신을 견딜 수 없어요. 당신이 두려워요. 당신을 증오해요……. 이제 당신 마음대로 하세요.”

그녀는 마차 구석에 몸을 던지고 흐느꼈다. 카레닌은 미동도 하지 않았다. 그 시선은 마치 죽은 자의 시선처럼 아무런 표정이 없었다.

마차가 별장에 도착하자 그는 여전히 표정을 바꾸지 않은 채 아내에게 말했다.

“좋소! 하지만 내가 내 명예를 지켜낼 방법을 찾아내기 전까지는 겉으로는 예의범절을 갖춰주기 바라오. 내가 방법을 찾으면 알려주겠소.”

그는 마차에서 내린 뒤 안나를 마차에서 내려주었다. 그는 하인들이 보는 앞에서 아내의 손을 말없이 잡았다가 마차에 올라 페테르부르크를 향해 떠났다.

그가 떠난 뒤 벳시 공작 부인이 보낸 하인이 쪽지를 갖고 왔다. 공작 부인이 알아본 결과 브론스키가 무사하다는 내용이었다.

‘그럼, 그이가 오겠네.’

그녀는 생각했다.

‘그래, 다 말하길 정말 잘 했어.’

그녀는 시계를 보았다. 아직 세 시간이나 남아 있었다. 그녀는 지난번 밀회를 생각하곤 피가 끓어올랐다.

'맙소사, 너무 환해! 무서워! 하지만 그의 얼굴을 보는 게 너무 좋아! 이 환상적인 빛이 너무 좋아……! 남편은! 오, 그 래……! 다행히도 그 사람하고는 이제 다 끝났어.'

제11장

독일의 소덴은 작은 마을이었지만 온천장으로 유명해서 많은 사람들이 병 치료를 위해 그곳을 찾았다. 그들 중에서 바렌카라는 이름의 러시아 아가씨가 유독 키티의 눈길을 끌었다. 바렌카는 병이 깊어 휠체어 신세를 지고 있는 스탈 부인이라는 귀족 부인을 돌보고 있었다.

바렌카가 키티의 눈길을 끈 것은 그녀가 스탈 부인에게 극진했기 때문만은 아니었다. 바렌카는 스탈 부인뿐 아니라 숱한 중환자들과 어울리며 그들을 돌보았다. 바렌카와 몇 번 눈길이 마주친 키티는 그녀에게 이상한 호감을 느꼈으며 바렌카도 자신을 좋아한다는 것을 그때마다 알 수 있었다.

키티가 보기에 그녀는 스탈 부인의 딸은 아니었다. 바렌카는 분명 키티 또래의 젊은 처녀였지만 마치 젊음을 모르고 지내는 것 같았다. 말하자면 열아홉 살로 보이기도 했고 서른 살로 보이기도 했던 것이다. 그녀의 얼굴은 창백했지만 엄밀히 말한다면 미녀에 가까웠다. 또한 몸에 걸맞지 않게 머리가 약간 큰 것만 제외하면 늘씬한 몸매였다.

하지만 그녀가 남자들에게 매력이 없는 것만은 분명했다. 말하자면 아직 아름다운 꽃을 피우고는 있지만 그 꽃에 향기가 없는 것과 같다고나 할까. 그 외에 그녀가 남자들에게 매력적으로 보이지 않을 이유는 또 있었다. 그녀는 키티에게는 넘쳐흐르는 것, 즉 눌려 있는 스프링과 같은 생명의 불꽃과 자신의 매력에 대한 자각이 없었다.

바렌카는 언제나 남을 헌신적으로 돌보느라 바빴고 그 때문에 다른 것에는 관심을 둘 수 없었다. 키티가 보기에 바렌카는 분명 자신과 정반대였고 바로 그 때문에 그녀가 키티의 관심을 끌게 된 것이었다.

키티의 눈에 그녀는 분명 자신이 지니지 못한 것을 지니고 있었다. 키티는 바렌카에게서, 그녀의 삶의 태도에서 자신이 지금 애타게 찾아 헤매고 있는 것의 본보기를 찾을 수 있으리라고 생각했다.

지금 키티는 사교계에서의 남녀 관계, 생각할수록 역겹기만 하고, 자신을 마치 구매자를 기다리는 상품처럼 만들어버리는 그 관계에서 벗어난 진정한 삶의 가치, 삶의 존엄성을 갈구하고 있었다. 바렌카를 유심히 관찰하면 관찰할수록 키티는 그녀가 자신이 그리던 완벽한 존재로 여겨졌다. 그리고 그녀의 삶을 모방하면서 자신이 추구하는 것을 찾을 수 있으리라 생각했다.

셰르바츠키 가족이 온천장에 도착한 지 얼마 되지 않았을 때 러시아인 남녀 한 쌍이 그곳에 나타났다. 남자는 키가 크고 구부정한 체격에 순진한 듯하면서도 무서운 검은 눈을 하고 있었으며 여자는 예쁘장했지만 허름한 옷을 입고 있었다. 그들은 사람들에게 그다지 환영받지 못했는데, 남자의 이름은 니콜라이 레빈이었고 여자의 이름은 마리야 니콜라예브나였다. 니콜라이가 콘스탄틴 레빈의 형이라는 사실을 알게 된 키티는 왠지 그가 무서워 눈길을 마주치지 않으려 애썼다.

키티는 바렌카와 사귀게 해달라고 열심히 어머니를 졸랐다. 사실 키티의 어머니는 스탈 부인을 이미 어느 정도 알고 있었다. 스탈 부인과 직접 알고 지내는 사이는 아니었지만, 그녀의 시누이와는 교분이 있었다. 공작 부인은 바렌카와 스탈 부인의 관계를 은밀히 알아보았다.

스탈 부인은 남편과 관계가 좋지 않았다. 부부가 이혼 절차를 밟는 중에 부인이 출산을 했는데 아이가 태어나자마자 죽어버렸다. 스탈 부인의 친지들은 성격이 예민한 스탈 부인이 그 소식을 알면 그녀의 생명에 지장이 있으리라 생각하고 같은 건물에서 태어난 궁정 요리사의 딸을 죽은 아이와 바꿔치기 했다. 그 아이가 바로 바렌카였다. 나중에 스탈 부인은 바렌카가 친딸이 아니란 것을 알게 되었지만 그녀를 계속 곁에서 키웠다. 특히 얼마 뒤 바렌카에게 부모는 물론 일가친척이 하나도 남지 않게 되었기에 더욱 그래야만 했다. 스탈 부인은 벌써 10년이 넘게 남프랑스에서 침대 생활을 했고 바렌카는 줄곧 어머니 아닌 어머니와 함께 지냈다.

이 모든 사실을 알게 된 공작 부인은 키티가 바렌카와 가깝게 지내지 못할 이유가 없다고 생각하고 교제를 허락했다. 바렌카와 정식으로 사귀게 된 키티는 만날 때마다 그녀에게 감탄했고 나날이 새로운 장점을 발견했으며 배울 게 정말 많다고 느꼈다.

어느 날 공작 부인이 바렌카를 집으로 초대했다. 몸이 불편한 스탈 부인은 그대로 집에 남아 있었고 바렌카만 공작 부인의 거처로 왔다. 공작 부인은 바렌카가 노래를 무척 잘한다는 사실을 알고 있었기에 키티의 피아노 반주에 맞추어 노래를 해 달라고 청했다. 공작 부인은 러시아 대령을 비롯해, 그곳에서 알게 된 몇몇 사람들을 함께 초대했다.

바렌카는 정말로 노래를 잘 불렀다. 그녀가 노래를 끝내자 모두들 그녀의 노래 솜씨에 감탄하며 칭찬을 아끼지 않았다.

"저것 좀 보세요." 대령이 창문을 내다보며 말했다. "사람들 이 당신 노래를 들으려고 밖에 모여 있네요."

실제로 창 아래 꽤 많은 사람들이 모여 그녀의 노래에 귀를 기울이고 있었다.

"여러분들이 즐거워하시니 저도 기뻐요." 바렌카는 꾸밈없는 말투로 대답했다.

키티는 친구가 자랑스러웠다. 그녀는 바렌카의 노래 솜씨와 노래 부르는 모습에도 매혹되었지만 무엇보다 그 태도에 탄복 했다. 바렌카는 자신의 노래에 대해서는 조금도 생각하고 있는 것 같지 않았으며 무엇보다 쏟아지는 찬사에 무심한 것 같았 다. 단지 "더 부를까요, 아니면 이만 할까요?"라고 묻고 있는 것 만 같았다.

키티는 바렌카의 평온한 얼굴을 바라보며 생각했다.

'나였으면 얼마나 자랑스러워했을까! 창문 아래 모인 사람들을 보며 얼마나 기뻐했을까? 그런데 그녀는 저토록 담담할 수 있다니! 저런 힘은 어디서 나오는 걸까? 바렌카에게 그걸 배우고 싶어.'

사람들이 바렌카에게 노래를 한 곡 더 청했다. 바렌카는 먼저 번보다 더 노래를 잘 불렀고 사람들의 박수갈채는 이어졌다. 악보 책의 다음 곡은 이탈리아 가곡이었다. 키티가 연주를 시작하자 바렌카가 얼굴이 빨개지며 말했다.

"아니에요, 이 곡은 건너뛰지요."

키티는 이 노래에 무슨 가슴 아픈 사연이 있음을 눈치채고 "그럼 다음 노래로 할까요?"라고 말했다. 그러자 키티가 미소를 지으며 "아니, 괜찮아요. 이걸 부를게요"라고 말했고 키티는 반주를 시작했다.

바렌카가 노래를 마치자 모두들 흡족한 미소를 지으며 돌아갔고 키티는 바렌카와 함께 집 옆의 뜰로 나갔다.

단둘이 있게 되자 키티가 바렌카에게 물었다.

"그 노래에 무슨 아픈 추억이 있지요? 맞지요?"

"내가 사랑하는 사람이 있었고, 그 사람에게 불러주던 노래예요. 그 사람도 나를 사랑했지만 그 사람 어머니가 우리들 결혼을 반대해서 다른 여자와 결혼했어요."

"어머, 어떻게 당신을 사랑하면서 어머니가 반대한다고 당신을 잊을 수 있고 당신을 불행하게 만들 수 있지요? 냉혹한 사람인가봐요."

"아녜요. 그는 좋은 사람이에요. 게다가 나는 불행하지 않아요. 반대로 나는 행복해요. 이제 노래는 더 안 부르는 거지요?" 집으로 향하며 바렌카가 말했다.

"아, 당신은 정말 좋은 분이에요!" 키티가 바렌카에게 입을 맞추며 말했다. "당신을 조금이라도 닮을 수 있다면!"

"왜 다른 사람을 닮으려고 하지요? 당신은 지금 모습 그대로 아주 좋은 사람인데……."

"아니에요! 난 절대로 좋은 사람이 아니에요. 잠깐 한마디만 더 해줘요. 그 사람이 당신 사랑을 저버렸는데도 수치스럽지 않던가요?"

"아니, 그이는 날 버리지 않았어요. 그이가 날 사랑했다는 걸 난 믿어요. 단지 그이의 어머니가 반대했을 뿐……."

"하지만 그게 그 사람 뜻이었다면요? 어머니의 반대는 핑계일 뿐 그 사람이 스스로 결정한 거라면요?"

키티는 자신도 모르게 자신의 비밀을 털어놓고 있음을 자각하고 얼굴이 벌게졌다.

"당신 이야기를 하시는 거로군요? 그렇다면 그 남자가 잘못한 거지요. 그런 남자라면 아쉬워할 필요도 없지요."

"하지만 수치심은 어떻게 하고요?" 무도회 때 브론스키를 향했던 자신의 눈길을 회상하며 키티가 말했다.

"왜 수치심을 느끼지요? 당신이 무슨 잘못이라도 했다는 건가요?"

"잘못을 저지른 거 보다 더 끔찍해요. 부끄러우니까……."

"뭐가 부끄럽지요? 나는 이해를 못 하겠어요. 중요한 건 당신이 지금도 그 사람을 사랑하느냐 아니냐 하는 거예요."

"나는 그를 증오해요. 나는 나 자신을 용서할 수 없어요."

"뭣 때문에 용서를 못 하지요?"

"부끄러움, 수치 때문에!"

"그건 중요하지 않아요."

"그럼 뭐가 중요하다는 거지요?"

"중요한 건 많아요. 이를 테면……."

그때 공작 부인이 창문을 내다보며 공기가 차니 안으로 들어오라고 키티에게 말했다. 바렌카는 가서 돌봐줄 사람이 있다며 키티와 작별했다. 그녀는 무엇이 중요하다는 것인지 말해주지 않은 채 키티의 뺨에 입을 맞추고는, 키티가 그토록 궁금해하는 비밀, 과연 평정심과 존엄성을 갖다줄 수 있는 게 무엇인지 그 비밀 보따리를 풀어놓지도 않은 채 가져가버렸다.

제12장

바렌카와 가깝게 지내게 된 키티는 자연스럽게 스탈 부인과도 사귀게 되었다. 그리고 스탈 부인과의 교제는 키티에게 큰 영향을 주었다. 키티는 부인과의 만남을 통해 자기 눈앞에 이전과는 다른 세계가 펼쳐지는 것 같았다. 그녀는 자신이 이제까지 모르고 지냈던 영적인 세계가 존재한다는 것을 깨달은 것이다.

스탈 부인의 삶은 종교적이었다. 하지만 그녀의 종교는 키티가 이제까지 알고 있던 종교와는 달랐다. 그 종교는 의무적인 종교가 아니라 사랑으로 이끌리는 종교였다. 키티는 이제부터 말이 아닌 행동으로 남을 돕는 진정한 사랑을 실천하며 살겠다고 결심했다.

키티는 밤마다 스탈 부인이 선물한 복음서를 읽으며 사교계 사람들을 멀리하고 바렌카가 돕는 환자들과 어울렸다. 사람들이 딸을 칭찬하는 모습을 보며 공작 부인은 변한 딸의 모습을 굳이 막으려 하지 않았다. 다만 너무 극단적으로 빠지지만 말라고 딸을 타일렀다.

"뭐든 너무 지나치면 좋지 않은 법이다"라며 부인은 딸에게 프랑스어 속담을 인용해 가볍게 주의를 주었다. 그러나 키티는 어머니의 말에 아무런 대답도 하지 않았다. 다만 진정한 기독교 정신으로 하는 일에 지나침이란 없는 법이라고 속으로만 생각했다.

어머니는 키티가 지나치게 한쪽으로 빠져드는 것도 걱정이었지만 좀체 속마음을 털어놓지 않는 것이 더 걱정이었다.

온천장 생활이 끝나갈 무렵, 셰르바츠키 공작이 온천장에 찾아왔다. 그는 건강해진 키티를 보고 아주 기분이 좋았다. 하지만 아내를 통해 키티가 스탈 부인과 바렌카와 사귄 뒤 무척 변했다는 이야기를 듣고는 몹시 당황했다. 그는 마치 그 무언가 외부의 힘이 자신과 딸을 멀찍이 떼어놓는 것 같은 불안감과 질투를 느꼈다.

온천장에 도착한 다음 날 공작은 딸과 함께 팔짱을 끼고 산책을 했다. 키티와 마주친 사람들은 모두 그녀에게 반갑게 인사했다. 그리고 정원으로 들어가는 입구에서 마주친 한 프랑스 여자는 공작에게 키티가 2호 천사라고 스스럼없이 말했다. 그는 바렌카라는 처녀가 바로 1호 천사일 것이라고 짐작했다.

정원을 걸어가다가 키티가 공작에게 말했다.

"아빠, 저기 스탈 부인이 계세요."

키티가 가리키는 곳에 스탈 부인의 휠체어가 있었고 그 옆 양산 아래 스탈 부인이 누워 있었다. 그녀 뒤에는 휠체어를 밀고 다니는 건장한 독일 젊은이가 있었으며 부인 옆에는 환자 몇 명이 느릿느릿 걷고 있었다.

공작은 스탈 부인 곁으로 다가갔다. 그리고 아주 정중하게 프랑스어로 인사를 건네며 말했다.

"부인께서 저를 기억하실지 모르겠습니다. 제 딸을 너무 귀여워해주셨다니 정말 감사합니다." 공작은 모자를 벗어들고 스탈 부인을 바라보았다.

"아, 알렉산드로 셰르바츠키 공작님이시군요." 스탈 부인이 천사 같은 눈을 들어 답했다. "정말 반가워요. 저는 댁의 따님을 아주 많이 좋아하게 되었답니다."

"부인은 조금도 변하지 않으셨습니다. 제가 부인을 뵌 지 벌써 10년이 넘은 것 같습니다."

공작은 잠시 스탈 부인과 간단히 이야기를 나눈 후 키티와 함께 산책을 계속했다. 키티는 아버지가 스탈 부인과 아는 사이인 것을 보고 놀라서 물었다.

"아빠, 스탈 부인을 어떻게 아세요?"

"응, 그 남편과 잘 아는 사이야. 부인은 경건주의에 투신하기 전에 잠깐 알고 지내던 사이이고."

"경건주의요? 그게 뭐예요?"

"나도 잘 몰라. 형식보다는 내면의 평화, 뭐 이런 걸 더 중시한다고는 하더구나. 그저 매사를 하느님께 감사드린다는 거야. 어떤 불행을 겪어도 하느님께 감사드린다는 거지. 심지어 스탈 부인은 남편이 죽은 데 대해서도 하느님께 감사를 드렸다더구나. 좀 우스운 일이지. 부부는 사이가 좋지 않았거든."

"그러면 부인이 앓아눕기 전부터 알고 계시던 거예요?"

"앓아눕긴 누가 앓아누웠다는 거니?"

"부인이 일어나지 못한 지 벌써 10년째라고 하던데요."

"일어나지 못하는 게 아니라 일어나지 않는 거야. 다리가 하도 짧아서 보기에 추하니까."

키티는 마음속으로 그럴 리가 없다고 격렬하게 항변했다. 하지만 자신도 모르게 스탈 부인에게 품었던 천사의 이미지가 소리도 없이 사라졌음을 느꼈다. 그리고 자기 몸이 보기 싫다고 누워만 있으려는 여자, 담요를 제대로 덮어주지 못했다고 바렌카를 괴롭히는 여자의 모습이 자꾸 떠올랐다. 아무리 애를 써도 이전 스탈 부인의 모습은 되살릴 수가 없었다.

그런데 스탈 부인에 대한 이미지가 바뀌자 이상한 일이 벌어졌다. 바렌카마저도 이전과는 다른 모습으로 보이는 것이었다. 물론 바렌카가 나쁘게 여겨진 것은 아니었다. 하지만 예전에 상상하던 이상적인 모습만은 아니라는 생각이 자꾸 드는 것을 어쩔 수 없었다. 무엇보다 바렌카를 흉내 내려던 자신의 모습이 마치 짧은 다리를 감추려던 스탈 부인과 똑같아 보여 견딜 수 없었다.

어느 날 키티는 참지 못하고 자신의 속내를 바렌카에게 드러내고 말았다.

"나는 위선자예요. 사람들 앞에서, 나 자신에게, 또 하느님 앞에서 더 나은 사람인 양 보이고 싶었던 거예요. 모든 사람을 속이고 싶었던 거예요. 이제 더 이상 그런 유혹에 넘어가지 않겠어요. 있는 그대로 살겠어요. 난 나쁜 여자예요."

"아니, 키티, 왜 그런 말을? 왜 당신이 위선자라는 거지요?"

"당신이 훌륭하다는 것, 완벽하다는 걸 나는 잘 알아요. 하지만 내가 못된 인간인 걸 어쩌겠어요. 난 다른 사람이 될 수 없어요……. 아, 이건 아니야……. 정말 아니야……."

"뭐가 아니라는 거지요?" 바렌카가 당황해서 물었다.

"전부 다요! 나는 마음이 시키는 것 외에는 할 수 없어요! 당신은 원칙이 시키는 행동만 하지요. 나는 그냥 당신이 좋아요. 하지만 당신은 나를 구원하고 나를 올바로 이끌기 위해서 나를 좋아하는 척하는 거지요!"

"잘못 생각하는 거예요." 바렌카가 조용히 말했다.

잠시 침묵이 흘렀다. 키티는 고개를 숙이고 있었다. 키티가 울음을 터뜨렸다.

"오, 바렌카! 미안해요. 내가 왜 이런 말을!"

바렌카가 키티의 손을 잡았고 둘은 화해했다. 하지만 키티는 이미 아버지가 오시기 전의 키티가 아니었다.

물론 키티는 이곳에 있는 동안 그녀가 깨달은 것과 결별하지는 않았다. 하지만 그녀는 자신이 되고 싶어 하는 모습을 자신의 모습인 양 착각하고 자신을 속여 왔음을 알게 되었다. 그건 마치 장님이 눈을 뜬 것과도 같았다. 그녀는 그녀가 되고 싶어 했던 그 위치에 위선과 자기기만 없이 머문다는 것이 얼마나 어려운 일인가를 깨달았다. 그리고 병으로 죽어가는 사람들 곁에서 마음의 짐 없이 지낸다는 것, 그들을 사랑하는 일, 아니 사랑하려고 노력하는 일이 얼마나 견디기 어려운 일인가를 깨달았다.

그녀는 한시라도 빨리 러시아의, 예르구쇼보의 신선한 공기를 맛보러 돌아가고 싶어졌다. 언니 돌리가 아이들과 함께 예르구쇼보로 가서 지내고 있다는 사실을 편지를 통해 알고 있었던 것이다.

하지만 바렌카를 향한 키티의 애정은 변함이 없었다. 바렌카와 헤어지며 키티는 그녀에게 자신을 찾아와 달라고 부탁했다.

"당신이 결혼하면 그때 찾아갈게요." 바렌카가 대답했다.

"나는 절대로 결혼하지 않을 거예요."

"그러면 나도 절대로 찾아가지 않겠어요."

"그렇다면 당신이 보고 싶어서라도 결혼해야겠네요. 어쨌든 약속한 것 잊지 말아요."

키티는 이전의 건강을 되찾아 러시아로 돌아갔다. 하지만 변한 것이 있었다. 그녀는 전처럼 철없이 명랑한 대신 한결 평온

제2부

187

해졌다. 이전에 모스크바에서 겪었던 슬픔은 이제 그녀에게 하나의 추억이 되었다.

제
3
부

제1장

콘스탄틴 레빈의 형 세르게이 이바노비치 코즈니셰프는 평소처럼 외국으로 휴가를 떠나는 대신 5월 말에 아우의 집으로 내려왔다. 그는 머리를 써야 하는 골치 아픈 일에서 벗어나려면 시골 생활보다 더 좋은 것은 없다고 생각했다.

레빈은 형이 무척 반가웠다. 게다가 이번 여름에는 니콜라이 형이 오지 않을 것이기에 반가움은 배가 되었다. 하지만 레빈은 형을 사랑하고 존경했음에도 불구하고 형이 내려와 있는 것이 불편하기도 했다. 레빈에게 시골은 삶의 터전이요, 노동의 공간이었다. 하지만 형에게 시골은 아무 할 일이 없는 곳이었으며 그래야 더욱 좋았다. 게다가 형이 농부들을 대하는 태도 역시 레빈에게는 마음에 들지 않았다.

형은 틈만 나면 농부들과 이야기를 나누며 자신이 농부들을 좋아하고 농부들 편이라고 말했으며 그들이 일을 잘 한다고 칭찬했다. 하지만 레빈은 그런 형이 영 못마땅했다. 레빈에게 농부들이란 자신도 참여하고 있는 공동 노동의 주요 파트너였다. 그의 말마따나 유모의 젖을 먹고 자란 그는 농부들에 대해 거의 피붙이와 같은 애정을 지니고 있었다. 그리고 그는 농부들의 힘, 상냥함, 정의로움에 대해 찬탄할 때가 많았다. 하지만 그런 자질들과는 다른 자질이 필요한 노동 현장에서는 농부들의 안일함, 방종, 음주벽, 거짓말들에 대해 불같이 화를 냈다.

만일 레빈에게 농부들을 사랑하느냐고 묻는다면 그는 대답할 말을 찾지 못했을 것이다. 그에게 그 질문은 사람을 사랑하느냐고 묻는 것과 똑같았다. 그는 사람들을 좋아하면서 싫어하기도 하듯이 농부들을 좋아하면서도 싫어했다. 물론 그는 선량한 사람이었기에 농부들을 싫어하기보다는 좋아하는 편이었다. 하지만 농부가 마치 특별한 존재인 양 좋아한다고는 말할 수 없었다.

우선 그는 자신을 농부와 따로 떼어놓고 대비시켜 말할 수 없었다. 그는 농부들과 함께 지낼 뿐 아니라 모든 이해관계를 공유하고 있었으며 자신을 그들의 일원이라고 생각하고 있던 때문이었다. 물론 그는 농부들의 주인이자 중재자였고 조언자였다. 하지만 그들과 하도 오랫동안 함께 지냈기에 농부들에 대한 일정한 고정관념이나 편견은 갖고 있지 않았다. 그렇기에 오히려 농부들을 잘 아느냐고 물으면 그는 대답하기 어려웠다. 다시 말하지만 그것은 사람을 잘 아느냐고 물어보는 것과 똑같았다. 그는 마치 세상을 살아가면서 사람들을 만나듯이 농부들을 만났다. 그는 사람들을 관찰하듯이 농부들을 관찰했고 그들을 통해 새롭게 발견한 것을 바탕으로 자신의 생각을 가다듬어 갈 뿐이었다.

하지만 코즈니셰프는 정반대였다. 그는 농부들이 단지 농부라는 이유만으로 그들을 좋아했다. 그는 자신이 혐오하는 생활과 반대된다는 이유만으로 시골 생활을 찬양했고 그가 싫어하는 사람들과 반대된다는 이유만으로 농부들을 사랑했다. 말하자면 그에게 농부들은 일반적인 사람이 아니라 그들과는 다른 '그 무엇'이었다. 그는 농부의 삶을 자신의 분석적인 머리로 규정지은 일정한 틀 안에서 이해했다. 그리고 농부들에 대한 자신의 견해나 그들을 동정하는 태도를 조금도 바꾸지 않았다.

농부들을 사이에 두고 형제간에 의견 충돌이 있을 때면 늘 형이 아우를 이겼다. 비결은 간단했다. 농부들의 성격, 특성, 취향에 대한 형의 견해가 한결 확고한 때문이었다. 하지만 레빈에게는 그런 고정된 의견이 없었으므로 논쟁을 할 때마다 그는 자기모순에 빠졌다. 형이 보기에 아우는 똑똑하고 심성도 고왔지만 순간적인 인상에 함몰되기 잘 하는 어린아이 같았다. 그는 동생과의 논쟁이 재미없었다. 너무 쉽게 이길 수 있던 때문이었다.

레빈은 코즈니셰프 형을 이상과 교양을 갖춘 사람으로서, 또한 공공의 선을 위해 일할 재능이 있는 사람으로서 우러러보고 있었다. 하지만 나이가 들어갈수록, 또한 형을 가까이 할수록 자신이 지니지 못한 형의 그 자질에 장점만 있는 것이 아니라 그 무언가 결여된 점이 있을지도 모른다는 의구심을 품기 시작했다. 형에게 선량함, 정직함, 고상한 욕망과 취향이 결여되어 있다는 뜻이 아니었다. 레빈은, 한 인간 앞에 무수히 놓인 인생길 중에 하나를 택하게 만들고 오로지 그 하나에만 몰입하게 만드는 이른바 가슴속 열정이 형에게는 결여되어 있는 것 같았다. 그가 형에 대해서 더 잘 알아가면 알아갈수록 형처럼 공공의 이익을 위해 일한다는 대부분의 사람들은 마음의 움직임에 의해 공공의 이익을 향해 나아가는 것이 아니라는 것, 그들은 미리 공공의 이익을 위하는 것이 옳은 길이라고 머리로 판단하고는 그 길로 나아간다는 것을 알아챌 수 있었다. 레빈은 형이 공공의 이익에 관한 문제나 영혼의 불멸 문제에 대해 이야기를 할 때도 그것들을 마치 체스 게임의 법칙이나 정교한 기계 조립과 비슷하게 생각하는 것을 보고 자신의 추측이 틀리지 않다고 확신했다.

하지만 그런 확신이 섰다고 해서 레빈이 형과의 논쟁에서 이길 수 있다는 뜻은 아니었다. 공공의 이익이라는 절대적인 원칙을 내세운 형을 이겨낼 수 있는 현장 논리, 현실 논리는 존재할 수 없었다. 형과 논쟁을 벌이다보면 레빈은 농부들의 건강이나 교육 등에는 전혀 관심이 없는 자가 되기 일쑤였고, 공공의 이익보다는 개인의 사리사욕에 눈먼 자가 되기 일쑤였다. 형이 레빈을 그런 식으로 몰아붙인 것이 아니었다. 코즈니셰프 형의 비현실적인 논리에 맞서 이야기를 하다보면, 지금 현실에서 농부들 교육이 무슨 필요가 있느냐, 누구든 자신의 이익을 바라는 게 인지상정 아니냐고 레빈 스스로 제 입으로 말하게끔 되어버렸다.

논쟁 끝에 코즈니셰프는 으레 레빈이 도저히 알아들을 수 없는 철학, 역사 등을 들먹이며 레빈이 얼마나 잘못 생각하고 있는지 정확히 지적해주었다. 그리고 레빈에게 다음과 같이 말하곤 했다.

"네가 그런 말을 하는 건 러시아인 특유의 게으름 탓이야. 몸에 밴 지주들의 습성을 버리지 못해서 그러는 거야. 너는 거기서 빠져나와야 해. 그리고 나는 네가 곧 거기서 빠져나오리라고 믿어."

형과 논쟁을 하다가 레빈은 영락없이 게으른 자가 되었고 고루하기 짝이 없는 지주가 되어버린 것이다. 코즈니셰프도 레빈을 답답하게 여겼겠지만 레빈에게 형은 마치 절벽처럼 느껴졌다. 자기보다 농사에 대해, 농부에 대해 더 잘 안다고 자부하는 형의 이야기가 레빈의 귀에 제대로 들어올 리 없었다. 형과 논쟁을 벌이다보면 레빈은 어느새 다른 생각에 빠져들곤 했다. 그 다른 생각이란 지금 형과 열심히 논쟁을 벌이고 있는 구체적인 농사일과 농부에 관한 것이었다.

7월 초가 되었고 풀베기 작업이 시작되었다. 풀을 베어 마련한 건초는 레빈의 중요한 수입원 중의 하나였다. 레빈은 작년부터 농부들과 풀베기 일을 함께 했다. 무슨 특별한 결심을 하고 시작한 일이 아니라 우연히 하게 된 일이었다. 레빈은 작년에 풀베기하는 곳에 갔다가 무슨 일인가로 집사에게 무척 화가 났다. 그는 마음을 진정시키려고 낫을 집어 들고 풀을 베었다. 그런데 그 일이 생각보다 무척 마음에 들었다. 그 뒤로 그는 몇 번 더 풀베기를 했고 바로 집 앞의 초원 풀베기는 끝까지 함께 했다. 한 번 맛을 들인 그는 다음 해부터는 하루 종일 농부들과 함께 풀베기를 하겠다고 마음먹었다.

자기가 직접 풀베기에 나서겠다고 하면 형이 비웃을까봐 신경이 쓰이기는 했지만 그는 올해도 풀베기에 나서리라 생각했다. 형과 언짢은 대화를 한 뒤라서 몸을 좀 쓰지 않으면 성격을 버리겠다고 생각하며 그는 마음을 굳혔다. 형은 농부들이 이상하게 생각하지 않겠느냐고 말했을 뿐 적극적으로 말리지는 않았다.

다음 날 그가 풀베기 장소로 나갔을 때 농부들은 이미 작업을 시작하고 있었다. 모두 마흔두 명이었다. 레빈의 풀베기 스승인 티트가 그에게 낫을 건네주며 말했다.

"잘 하실 겁니다, 나리. 이제 도통하셨는데요. 자, 나리, 한 번 시작하면 도중에 쉬기 없깁니다."

여기저기서 킥킥 웃음을 참는 소리가 들렸다.

"암, 여부가 있나. 열심히 해볼게." 레빈은 밝게 화답한 후 티트의 뒤를 따르며 풀을 베기 시작했다.

레빈은 농부들에 뒤처지지 않으려 열심히 풀을 베었다. 일을 하다보니 더없이 즐거웠다. 다만 자신이 벤 구획이 자로 잰 듯한 티트의 구획에 비해 엉망이라는 게 즐거움을 반감시켰을 뿐이었다. 그에게는 농부들에게 뒤처지지 않겠다는 생각밖에 없었다. 그러다보니 시간 감각도 없어져, 지금이 이른 시각인지 늦은 시각인지도 종잡을 수조차 없었다.

그렇게 열심히 작업하는 중 그에게 큰 변화가 왔다. 아주 기분 좋은 변화였다. 자신이 지금 무슨 일을 하고 있는지조차 잊어버리는 순간들이 찾아온 것이다. 그럴 때면 자신이 풀을 벤 구역도 티트가 맡은 구역처럼 번듯했다. 하지만 자신이 무슨 일을 하는지 의식하고 더 잘하려고 마음먹기만 하면 일의 중압감을 의식하게 되었으며 풀베기도 형편없게 되었다.

새벽일이 끝나자 그는 집으로 돌아와 아침을 들고 다시 풀을 베러 나갔다. 이번에는 아까보다 무아의 경지에 더 쉽게 빠질 수 있었다. 그럴 때면 손이 낫을 휘두르는 게 아니라 마치 낫이 스스로 움직이는 것 같았다. 낫은 마치 생명이 충만한 생명체라도 된 듯 저절로 움직였으며 마치 마법에라도 걸린 듯 아무 생각 없이도 저절로 정확하고 반듯하게 일이 되어 나갔다. 무념무상의 행복의 순간이었다.

제3부

197

얼마나 시간이 갔는지도 모른 채 일에 몰입해 있는 사이 벌써 점심때가 되었다. 티트가 점심때가 되었다고 레빈에게 알려주어서야 레빈은 시간이 흐른 것을 알았다. 누군가 레빈에게 얼마 동안 풀을 베었느냐고 묻는다면 그는 아마도 한 30분 정도 일을 한 것 같다고 대답했을 것이다.

레빈은 농부들 곁을 떠나기 싫어 그들과 함께 점심을 들었다. 그들의 거친 빵과 음료가 그렇게 맛이 있을 수가 없었다. 간단히 점심을 한 후 그는 해가 기울 때까지 다시 작업을 했다. 레빈은 어려운 비탈길 풀베기 작업도 거뜬히 해내며 그 무언가 알지 못할 외부의 힘이 자신을 움직이고 있는 것처럼 느꼈다.

땀범벅이 된 머리카락이 이마에 엉켜 붙고, 온몸이 땀에 전 채 레빈이 형의 방으로 들어섰을 때 형은 식사를 마친 뒤 음료를 마시며 신문과 잡지를 보고 있었다. 형은 그의 모습을 보고 혀를 끌끌 차는 것 외에는 별말이 없었다.

"아, 참, 네게 편지가 왔더라. 쿠지마, 아래층에서 편지 좀 갖다 줄래?"

쿠지마가 편지를 가져왔다. 스테판 오블론스키가 페테르부르크에서 보낸 편지였다.

아내 돌리에게서 편지를 받았네. 아내는 지금 에르구쇼
보에 있다네. 여러 가지로 심기가 불편한 모양이야. 부탁
이네만 아내에게 들러 위로 좀 해줄 수 없겠나? 자네를
보면 아내가 기뻐할걸세. 아내 혼자 있거든. 불쌍하지 않
은가. 장모님과 다른 식구들은 지금 아직 외국에 있다네.

제2장

오블론스키는 당연하면서도 신성한 공적 임무를 수행하느라 페테르부르크에 가 있었다. 그 임무를 제대로 수행하지 않고 공무원 생활을 한다는 것은 거의 불가능했다. 공무원이 아닌 사람들은 이해할 수 없겠지만 그 임무란 바로 상관들에게 자기 존재를 부각시키는 일이었다. 그는 그 임무 수행을 위해 뻔질나게 경마장과 별장을 드나들며 있는 돈, 없는 돈을 흥청망청 쓰면서 지내고 있었다.

한편 그의 아내 돌리는 가능한 한 지출을 줄이기 위해서 아이들과 함께 에르구쇼보라는 시골에 가 있었다. 그곳은 결혼할 때 그녀가 친정에서 받은 곳으로 앞에서 보았듯 그 숲은 이미 판 터였다.

그녀가 아이들과 함께 그곳에 도착한 다음 날 바로 폭우가 쏟아졌고 복도와 아이들 방에 물이 넘치는 바람에 아이들 침대를 응접실로 옮겨야만 했다. 식모도 없었고 아이들에게 먹일 버터나 우유마저도 부족할 정도로 상황은 심각했다. 옷을 넣을 옷장도 없었으며 심지어 밖에서 산책도 할 수 없을 지경이었다. 울타리가 무너져 가축들이 정원으로 마구 들어왔고 사나운 황소가 정원을 어슬렁거리고 있던 때문이었다. 문은 제멋대로 여닫혔으며 주전자도 없었고 그릇도 없었으며 빨래할 솥도 다리미도 없었다.

하지만 구원자가 있었다. 바로 아이들의 유모 마트료나 필리모노브나였다. 그녀는 모든 것이 다 잘될 것이라며 안주인을 안심시켰다.

그녀는 재빨리 집사의 아내와 사귄 뒤, 집사 아내와 촌장, 그리고 관리실 직원들로 이루어진 이른바 '마트료나 필리모노브나 클럽'을 결성했다. 그리고 일주일 뒤에는 정말 그녀 말대로 모든 것이 잘되었다. 지붕을 수리했고 요리사를 구했으며 암탉을 샀고 암소들이 우유를 생산하기 시작했다. 정원에 나무 울타리를 쳤고 문도 고쳤으며 목수가 빨래판을 만들었고 다리미판도 만들었다. 심지어 짚을 엮어 널판을 만들어 목욕탕까지 마련했다. 그런대로 편한 시골 생활이 실현된 것이다.

하지만 낳은 지 석 달밖에 안 된 아이를 포함해 여섯 아이들과 함께 지내는 그 생활이 평온할 리 없었다. 한 아이가 앓고 나면 곧바로 다른 아이가 아팠고, 셋째 아이에게 뭔가 필요한 일이 생기고 나면 넷째 아이가 뭔가 문젯거리를 만드는 등, 한시도 편할 때가 없었다.

하지만 이런 성가신 일들과 걱정거리가 돌리에게는 유일한 행복이었다. 그런 걱정거리들이 없었다면 그녀는 이제는 자신을 더 이상 사랑하지 않는 남편 생각을 하며 괴로움에 빠져 있었을 것이다. 그녀는 말썽을 일으키는 아이들을 바라보며 행복했다.

성 베드로 주간 일요일에 돌리는 아이들과 함께 교회에 갔다. 아이들의 성체성사를 위해서였다. 교회에 갔다 온 후 돌리는 아이들 목욕을 시키기 위해 냇가로 갔다. 돌리는 아이들이 귀엽다고 감탄하는 아낙네들과 이런저런 이야기를 나누며 냇가에서 즐거운 시간을 보내고 있었다.

목욕을 마친 아이들에 둘러싸인 돌리가 머리에 스카프를 두르고 집에 갈 채비를 하고 있을 때였다. 마부가 큰 소리로 말했다.

"누군가 우리에게 오고 있는뎁쇼. 포크롭스코예 나리 같습니다요."

포크롭스코예는 레빈 소유의 마을 이름이었다.

돌리가 앞을 바라보더니 얼굴이 환하게 밝아졌다. 잿빛 모자에 잿빛 외투를 입은 레빈의 모습이 보였던 것이다. 그녀는 그를 보면 언제나 반가웠다. 게다가 자신이 이렇게 즐거움으로 환하게 빛나고 있는 모습을 그에게 보일 수 있었기에 더욱 기뻤다. 레빈은 레빈 나름대로 아이들과 즐겁게 웃고 있는 돌리를 보며 마치 자신이 꿈꾸고 있는 가정생활이 눈앞에 펼쳐진 것 같다는 느낌을 받았다.

"이거 마치 병아리들을 거느린 암탉 같습니다." 레빈이 껄껄 웃으며 말했다.

"어서 오세요. 너무 반가워요." 돌리도 웃으면서 그를 반갑게 맞이했다.

아이들은 레빈을 잘 알지 못했다. 하지만 아이들은 그에게 다정스런 눈길을 보냈다. 어머니가 그를 반기는 모습을 본 때문이기도 했지만 무엇보다 레빈에게는 어른들에게서 흔히 볼 수 있는 위선의 흔적이 없던 때문이었다. 위선이란 종종 아주 똑똑한 사람까지 속여 넘길 수 있는 무기이긴 하지만 아이들에게는 절대로 통하지 않는 법이다. 레빈에게 결점은 있을지 몰라도 위선이라고는 없었다.

점심 식사 후에 레빈과 발코니에 단둘이 있게 되자 돌리가 키티 이야기를 꺼냈다.

"있잖아요, 키티가 여기 와서 여름을 날 거예요."

"정말입니까?" 레빈의 얼굴이 빨개졌다.

레빈은 화제를 돌리고 싶어 낙농에 대한 자신의 견해를 늘어놓고 자기가 키우는 암소 두 마리를 빌려주겠다고 말했다. 그는 키티에 대한 소식을 자세히 알고 싶어 안달이 났지만 그와 동시에 두렵기도 했던 것이다.

돌리는 모든 집안일을 유모에게 맡겨놓은 데다 그에 대해 아무 불만도 없었기에 레빈의 제안을 귓등으로 흘려버렸다. 무엇보다 중요한 것은 그녀가 키티에 대해 이야기하고 싶었다는 사실, 바로 그것이었다.

레빈이 말을 마치자 돌리는 다시 키티 이야기를 꺼냈다.

"키티가 무엇보다 평온과 고독을 원한다고 써 보냈어요."

"건강은 좋아졌나요?" 레빈이 물었다.

"고맙게도 완쾌됐어요."

"다행이군요."

순간 돌리는 레빈의 얼굴에서 뭔가 애처로운 표정, 난감해하는 듯한 표정을 본 것 같았다.

그녀는 레빈을 잠시 가만히 바라보다가 다정하면서도 약간 장난기가 섞인 미소를 띠며 말했다.

"하나만 물어볼게요, 콘스탄틴 드미트리치. 당신, 왜 키티에게 화를 내시는 거지요?"

"제가요? 전 화나지 않았습니다."

"아니에요. 분명 화가 났어요. 아니면 왜 모스크바에 계실 때 우리도, 키티도 보러오지 않으셨어요?"

"다리야 알렉산드로브나!" 레빈이 얼굴이 빨개지며 말했다. "부인처럼 착한 분이 어떻게 저를 동정하지 않으실 수 있지요? 제가 청혼했다가 거절당한 것을 아시면서……."

"그래요? 정말 몰랐어요. 언제 청혼하셨는데요?"

"제가 마지막으로 댁을 찾아갔을 때입니다. 다리야 알렉산드로브나, 미안합니다." 그가 자리에서 일어나며 말했다. "그만 가 보겠습니다. 안녕히 계십시오."

"아니, 가지 마세요. 자, 다시 앉으세요."

레빈은 마지못한 듯 다시 자리에 앉으며 말했다.

"하지만 제발 그 이야기는 그만하지요."

레빈에게 이제는 사라졌다고 믿고 있던 감정이 이전보다 더 생생하게 되살아나 그를 사로잡았다.

"아, 이제야 알겠어요. 당신이 키티에게 청혼했을 때 그 애는 대답을 할 수 없는 상황이었어요. 당신과 브론스키 사이에서 흔들리고 있었으니까요. 게다가 브론스키는 매일 봤지만 당신은 오랫동안 보지 못했으니까요. 그때 키티는 어렸어요. 내가 걔 입장이었다면 결코 흔들리지 않았을 거예요. 나는 브론스키가 정말 싫었으니까요. 암튼 이건 명심하세요. 키티의 거절은 아무 의미도 없다는 걸."

레빈이 다시 벌떡 일어나며 말했다.

"당신이 지금 나를 얼마나 괴롭히고 있는지 아십니까? 마치 당신 아이가 죽었는데 이렇게 저렇게 하면 살 수 있었는데, 라고 주변 사람들이 쑥덕거리는 것과 똑같아요. 그 아이가 살아 있으면 행복했을 텐데, 라고 말하는 것과 같단 말입니다. 하지만 그 아이는 죽었어요! 죽었다고요!"

"그러면 키티가 여기 와 있어도 당신은 우리 집에 오지 않겠네요."

"오지 않을 겁니다. 물론 카테리나 알렉산드로브나를 일부러

피하지는 않을 겁니다. 하지만 그녀가 나를 보고 불쾌해지게 만들고 싶지는 않습니다."

제3장

    포크롭스코예로부터 약 20킬로미터 정도 떨어진 곳에 레빈의 누이가 지주인 마을이 있었다. 7월 중순경 그 마을 촌장이 그 마을의 제반 일들과 풀베기 상황 등을 보고하러 레빈을 찾아왔다.

    봄이면 물에 잠기는 강변 목초지는 누이의 주된 수입원이었다. 그곳 목초지에서 벌어들이는 건초 수입이 짭짤했던 것이다. 몇 해 전까지 농부들은 건초를 모두 자기들 몫으로 하되, 평방 킬로미터 당 2루블의 돈을 내고 직접 풀베기를 해왔다. 그런데 누이가 몇 해 전에 영지 관리를 레빈에게 부탁했고 레빈은 받아들였다.

    레빈이 목초지를 둘러보니 목초지는 아주 비옥했고 평방킬로미터 당 2루블은 턱없이 싼 가격임을 그는 알았다. 그는 가격을 2.5루블로 높여 책정했다. 농부들이 반발했음은 물론이다. 그러자 레빈이 직접 그곳에 가서 일부는 사람들을 고용하고 일부는 몫을 나누는 조건으로 풀베기를 관장했다. 농부들의 반대에도 불구하고 강하게 밀어붙여 일을 진행한 결과 그해 풀베기 소출은 거의 두 배가 되었다. 이후 작년까지 3년 동안 일은 같은 식으로 진행되었다.

올해 레빈과 농부들은 새로운 협상을 했다. 농부들이 직접 풀베기를 하되 소출의 3분의 1을 농부들이 챙기기로 한 것이며, 촌장은 그 결과를 보고하러 온 것이었다. 레빈은 주인 몫의 건초 열한 더미를 다 쌓아 놓았다는 촌장의 보고를 듣고 그의 보고 태도가 뭔가 미심쩍어 직접 가서 확인해보기로 했다.

레빈이 직접 가서 확인해보니 낟가리 하나가 수레 쉰 대 분이라는 촌장의 말과는 달리 서른두 대 분밖에 되지 않았다. 레빈은 오랜 협상 끝에 결국 이미 쌓아놓은 건초 열한 더미를 더미 당 50수레로 쳐서 농부들이 가져가고 주인 몫은 다시 가져오기로 합의를 보는 데 성공했다.

협상과 낟가리 가르기는 하루 종일 계속되었다. 건초 나누기가 끝난 후 레빈은 검사 등 나머지 일들을 집사에게 맡기고 건초더미에 앉아 농부들이 열심히 일을 하고 있는 목초지를 바라보았다. 그의 눈앞에 푸른 강물이 굽이굽이 흐르고 있었다.

"풀베기에 정말 좋은 날입지요! 와, 저 건초들 좀 보십시오!" 레빈 옆에 한 노인네가 앉으며 말했다. 이어서 그는 달구지 마부석에 앉아 그들 앞을 지나가는 젊은이를 향해 소리쳤다.

"그게 마지막이냐?"

"네, 아버지!"

젊은이는 밝은 미소를 지으며 자기 곁에 앉은 건강한 여자를 흘낏 바라보더니 다시 말을 몰았다.

"누구요? 아들?"

"막내아들입지요." 노인은 흐뭇한 미소를 지으며 대답했다.

레빈은 그다지 멀지 않는 곳에 수레를 세우고 건초를 쌓아 올리는 부부의 모습을 바라보았다. 부부는 얼굴에 미소를 잃지 않은 채 유연하고 재빠른 동작으로 일에 몰두했고 가끔 농담을 하며 웃음을 터뜨리기도 했다. 부부의 표정에는 젊고 힘찬 사랑, 갓 피어난 신선한 사랑이 넘쳐흐르고 있었다.

레빈은 늘 이런 삶에 대해 경탄했었고, 이런 삶을 사는 사람들을 부러워했었다. 그런데 지금 눈앞에서 부부의 모습, 노동하면서 서로를 아끼고 사랑하는 모습을 보면서 한 가지 생각이 명료하게 그에게 떠올랐다.

'그래, 내게는 나의 이 무미건조하고 인위적이며 게으르고 개인적인 삶을, 이렇게 함께 즐기며 일하는 순수한 삶으로 바꿀 힘이 있어.'

노인도 떠나고 주변에 있던 사람들도 흩어졌다. 집이 가까운 사람들은 집에서 자려고 떠났고 멀리 사는 사람들은 풀밭에서 밤을 새울 준비를 했다.

레빈도 그곳을 떠나지 않은 채 그대로 낟가리 위에 누워 있었다. 주변에서 사람들이 즐겁게 떠드는 소리, 노랫소리, 웃음소리가 들려왔다.

동틀 무렵이 가까워지자 이윽고 사방이 고요해졌고, 늪에서 울어대는 개구리 울음소리, 풀밭 여기저기서 말들이 콧김을 뿜어내는 소리만이 들릴 뿐이었다. 멍한 상태에 빠져 있던 레빈이 정신을 차리고 낟가리에서 일어났다. 그는 하늘의 별을 바라본 후 밤이 지나갔음을 알 수 있었다.

그는 이 짧은 밤 동안에 그가 느꼈던 것들을 표현할 수 있을 말들을 찾으려 애쓰며 혼잣말을 했다.

'자, 이제 뭘 하지? 그런 삶을 살아가려면 어떻게 하지?'

이런저런 궁리 끝에 그의 생각은 세 갈래로 갈라졌다.

그는 우선 이전의 삶과 단절된, 아무 쓸모없는 교육으로부터 단절된 삶을 살아가야 한다고 생각했다. 그건 기분 좋은 일이었고 어렵지도 않은 일이었다.

다른 생각의 갈래는 그가 지금 원하고 있는 삶이 어떤 것일까에 대한 것이었다. 그는 그 삶이 단순하고 순수하며 건강하리라는 것을 뚜렷하게 느낄 수 있었다. 그리고 그 삶에서 만족과 평온과 위엄을 느낄 수 있으리라고 생각했다.

하지만 세 번째 생각의 갈래는 그렇게 명료하게 정리가 되지 않고 계속 머리를 맴돌았다. 낡은 삶으로부터 새로운 삶으로의 전환을 어떻게 이루어내야 하는가 하는 질문이었다.

'어떻게 하지? 농사꾼 처녀와 결혼해? 내 손으로 노동을 해? 포크롭스코예를 포기해? 그리고 땅뙈기를 사?'

하지만 아무리 머리를 굴려도 명확한 답이 떠오르지 않았다.

'잠을 못자서 머리가 돌아가지 않는 거야. 나중에 생각하자. 어쨌든 지난밤에 새로운 내 인생이 결정되었다는 것은 분명해.'

그는 풀밭을 벗어나 마을로 가는 큰길을 걷기 시작했다. 그가 얼마 걷지 않았을 때 마차 방울 소리가 들렸다. 고개를 들어보니 맞은편 40보쯤 앞에 사륜마차가 달려오고 있었다. 마차가 옆을 지나가자 레빈은 무심코 마차 안을 바라보았다. 마차 안

쪽에서 노파가 졸고 있었고 창가에는 방금 잠에서 깨어난 게 분명한 젊은 처녀가 하얀 모자에 달린 줄을 양손으로 잡고 있었다. 그녀는 창문 너머로 일출을 바라보고 있었다.

키티였다. 그가 그녀를 잘못 볼 리 없었다. 그에게 그런 눈은 이 세상에 단 하나뿐이었다. 그는 그녀가 기차역으로부터 예르구쇼보를 향해 가는 길임을 알 수 있었다. 그러자 지난 밤 불면에 시달리며 그를 사로잡았던 생각들, 꿈들이 일순 증발해버렸다.

마차가 멀어지자 그는 하늘을 바라보며 중얼거렸다.

"그래, 제아무리 멋진 노동의 삶이라 할지라도 내 삶이 그렇게 바뀔 수는 없어. 난 그녀를 사랑해."

제3부

213

제4장

 겉으로 보기에 카레닌은 냉정하고 침착한 사람이었다. 하지만 그와 아주 가까운 사람들은 그에게 전반적인 그의 성격과 배치되는 약점이 하나 있다는 것을 잘 알고 있었다. 카레닌은 아이나 여자가 우는 모습을 보면 마음이 심하게 동요되어 급기야 사고 능력까지 잃어버렸다.

 안나가 경마장에서 돌아오면서 브론스키와의 관계를 카레닌에게 고백한 뒤 얼굴을 감싸며 울음을 터뜨렸을 때 카레닌은 바로 그런 심적 동요를 느꼈다. 심지어 안나의 눈물을 보고 그녀가 불쌍해지기까지 했다. 상황에 전혀 걸맞지 않은 감정이었기에 그는 자신의 감정을 억누르려 무진 애를 썼다. 안나의 고백을 듣고 그가 미동도 하지 않았고 마치 시체처럼 아무 표정이 없었던 것은 그 때문이었다.

아내를 내려주고 혼자 남게 되자, 카레닌은 놀랍게도 커다란 해방감을 느꼈다. 아내의 고백을 듣고 그는 고통스러웠다. 최악의 의심이 사실로 드러난 것이다. 게다가 그녀의 눈물을 보고 그녀가 불쌍하게 여겨지는 이상한 감정까지 느끼게 되자 그 고통은 더욱 심해졌다. 그런데 아내가 곁에 없게 되자 그런 연민으로부터 벗어날 수 있게 되었고, 아내에 대한 의혹, 질투 등의 고통으로부터도 완전히 벗어날 수 있게 되었던 것이다. 그는 심지어 기쁘기까지 했다.

그는 마치 앓던 이가 빠진 것 같은 심정이었다. 그토록 기괴하고 무시무시했던 의혹의 고통에 시달리다가 이제 그 의혹이 사라져버렸고 따라서 고통도 사라진 것이다. 그는 자신이 다시 살아갈 수 있다고, 이제 아내 외의 다른 생각도 할 수 있게 되었다고 느꼈다.

그는 차분해진 머리로 생각했다.

'명예심도 없고, 심장도 없으며, 종교도 없는 타락한 여자! 나는 그걸 잘 알고 있었고, 빤히 보고 있었다. 하지만 인정 때문에 나 자신을 속이려 애써왔다.'

그런 생각에 젖다보니 실제로 그가 그 사실을 오래전부터 잘 알고 있었던 것처럼 여겨졌다. 그는 이제까지 별로 나쁘게 생각하지 않았던 지난 세월을 되새겨보았다. 그러자 그녀와 살면서 있었던 세세한 일들이 모두 그녀가 애당초 타락한 여자였음을 분명하게 드러내고 있었다.

'내 인생이 그런 여자와 엮이다니! 그건 내 실수야. 하지만 그런 실수를 했다고 해서 내가 불행해질 이유는 없어. 자책할 필요도 없어. 죄를 지은 건 내가 아니라 그녀니까. 그리고 그녀에 관한 일은 이제 나와는 아무 상관없어. 내게 그녀는 이미 존재하지 않으니까.'

한편 그는 브론스키와의 결투에 대해서도 생각해보았다.

'우리 사회는 아직 야만적이야. 그러니 내가 브론스키와 결투하기를 기대하는 사람들이 많을 거야.'

하지만 그는 곧 그 생각을 지워버렸다.

'총을 한 번도 쏴본 적이 없는 내가 총 쏘는 법을 배웠다고 치자. 그리고 내가 그를 죽였다고 치자. 이미 간통죄를 저지른 아내와 내가 확고한 부부임을 만천하에 천명하기 위해 한 남자를 죽인다? 그게 대체 무슨 의미가 있겠는가? 게다가 결백한 내가 부상을 당하거나 죽을 확률이 더 높지 않은가? 게다가 무엇보다도 결투 자체는 비열한 짓이다'라는 것이 그의 논리였다.

이어서 그는 이혼에 대해 생각해보았다. 그는 유명한 이혼 사례들을 떠올려보았다. 하지만 자기가 지금 바라고 있는 결과를 가져온 이혼은 하나도 없었다. 그가 바라는 결과란 자신의 명예가 손상을 입지 않은 채 죄를 지은 아내가 벌을 받는 데서 그치는 것이었다. 그러나 어느 경우를 보아도 이혼은 죄를 지은 상대방에게 오히려 새로운 삶을 시작할 빌미를 주었을 뿐이었다.

게다가 아내가 유죄라는 것을 밝히기 위한 구체적 증거들을 내놓다보면 아내보다 자신이 사회 여론에서 더 큰 타격을 입을 것이 뻔했다. 이혼을 하려다가는 스캔들만 불러일으킬 것이고 자신은 적과 비방꾼들의 먹이가 될 것이다. 그가 보기에 그보다 더 어리석은 짓은 없었다. 무엇보다 자신이 덜컥 이혼을 해주면 아내는 떡하니 브론스키와 살림을 차리지 않겠는가?

안나가 이제 남이라고, 그녀에게는 아무 관심이 없다고 생각하면서도 카레닌에게는 안나를 향한 딱 한 가지 감정은 남아 있었다. 그건 안나가 브론스키와 결합하지 않기를 바라는 마음, 즉 그녀가 저지른 죄가 그녀에게 득이 되지는 않기를 바라는 마음이었다. 겉으로 내색은 안 했지만 그는 안나가 절대로 행복해지지 않기를, 그녀가 지은 죄로 고통을 받기를 바라고 있었다.

이런저런 생각 끝에 카레닌은 해결책은 딱 하나뿐이라고 결론 맺었다. 무슨 일이 일어났는지 세상에 숨기고 그녀를 곁에 잡아두는 것, 온 힘을 다해 그들 둘의 관계를 끊어버리는 것, 그것이 바로 해결책이었다.

'그래, 이런 상황에서 나는 종교적으로 생각하고 종교적으로 행동하는 거야.'

자신이 내린 결정에 종교라는 엄숙한 옷까지 입히고 나니 그는 너무 만족스러웠다. 그러고 나니 그는 아내와 자신의 관계가 이전과 특별히 달라질 것도 없다는 생각까지 하게 되었다. 물론 전처럼 아내를 높이 평가할 수는 없었다. 하지만 아내가 나쁜 짓을 했다고 해서 자신의 삶이 망가질 필요는 전혀 없었다.

그는 '그래, 시간이 흐르면 모든 게 다 치유될 거야. 그녀는 불행해야 해. 하지만 아무 잘못이 없는 내가 불행해지면 안 되지'라고 생각하며 아내에게 편지를 썼다. 그는 '당신Vous'이라는 존칭을 사용하며 프랑스어로 편지를 썼다. 러시아어에서의 존칭 대명사가 주는 차가운 느낌이 프랑스어 대명사에는 없었다.

우리가 나눈 마지막 대화에서 나는 나중에 방법을 찾으면 알려주겠다고 말했소. 심사숙고한 결과 내가 내린 결론은 다음과 같소.

무슨 일이 있어도 하늘이 맺어준 우리들의 인연을 끊을 권리가 우리에게는 없소. 부부 중 한 사람의 죄악 때문에 가정이 깨질 수는 없소. 우리들의 삶은 이대로 지속되어야 하오.

나는 당신이 저지른 일에 대해 후회하고 있다고 믿고 있소. 그리고 우리의 불화의 원인이 된 일을 정리하리라고 믿고 있소. 별장에서 지내는 기간도 끝나가니 당신이 하루빨리 페테르부르크로 돌아오길 바라오. 늦어도 화요일 전까지는 돌아와주오.

A. 카레닌
P.S. 당신에게 필요한 돈을 동봉하오.

그는 편지를 읽어보고 적이 만족했다. 가혹한 비난의 말도 없었고 지나치게 너그러운 척하지도 않았다. 자기가 보기에 그 편지는 되돌아올 길을 마련해준 황금 다리였다. 그는 편지와 돈을 봉투에 넣어 봉한 뒤 벨을 눌러 하인을 불렀다.

제5장

안나가 다음 날 아침에 눈을 떴을 때 안나의 머리에 제일 먼저 떠오른 것은 자신이 남편에게 한 말이었다. 그 말이 어찌나 끔찍하게 여겨졌던지 그녀는 자기가 어떻게 그런 괴상하면서 조잡한 말을 내뱉을 수 있었는지 믿을 수도 없었으며, 그 결과가 어찌될 것인지는 상상조차 할 수 없었다. 그녀는 하녀의 얼굴을 보는 것조차 겁이 나서 벨도 누르지 못한 채 오랫동안 방에 앉아 있었다.

하녀는 벌써 오래전부터 안나의 방문 앞에 서서 안에 귀를 기울이고 있었다. 하지만 아무리 기다려도 벨이 울리지 않자 하녀는 방 안으로 들어갔다. 하녀의 손에는 옷과 쪽지가 들려 있었다. 쪽지는 벳시에게서 온 것이었다. 벳시는 오늘 아침 리자 메르칼로바와 쉬골츠 남작 부인이 그녀들을 추종하는 남자들과 함께 자기 집에서 크로켓 경기를 하려고 모인다는 사실을 상기시켜주고 있었다.

하녀가 나간 뒤에도 안나는 한참 동안 멍한 상태에 있다가 옷을 입고 아래로 내려갔다. 아래층에서는 아들 세료자와 가정교사가 그녀를 기다리고 있었다. 아들을 보고 그녀의 눈에 눈물이 맺혔다. 그녀는 생각했다.

'아, 이 아이가 아빠와 한 편이 되어서 나를 욕할까? 아니면 나를 불쌍하게 여겨줄까?'

자신도 모르게 눈물이 흘러내리자 안나는 눈물을 감추기 위해 얼른 테라스로 몸을 피했다. 지난 며칠간 폭풍우가 몰아치더니 날씨는 더할 나위 없이 청명했다.

'아, 정말 세료자가 나를 용서하지 않을까?'

그녀는 고개를 내저으며 스스로를 타일렀다.

'아니야, 생각할 필요 없어.'

그러더니 그녀는 다시 중얼거렸다.

'그래, 떠나야 해. 그런데 어디로? 그래, 모스크바로…… 오늘 밤 기차로 떠나자.'

그녀는 위층으로 올라가 가정교사와 하녀들에게 오늘 모스크바로 떠날 테니 당장 짐을 싸라고 말했다.

　온 집 안이 출발 준비로 부산했다. 트렁크 두 개와 몇 개의
가방들, 묶어 놓은 담요들이 현관 앞에 놓여 있었다. 안나가 짐
을 싸고 있을 때 하녀 안누시카가 마차 소리가 들린다고 외쳤
다. 안나가 창을 내다보니 카레닌의 마부가 초인종을 누르고
있었다. 안나는 어떤 일이건 다 받아들일 준비가 되었다는 심
정으로 안락의자에 앉으며 하녀에게 무슨 일인지 나가보라고
했다. 잠시 후 하인이 두툼한 봉투를 들고 나타났다. 겉에 카레
닌의 서명이 있었다.

　"답장을 받아오라고 하셨답니다."

　안나는 알았다고 대답한 후 떨리는 손으로 봉투를 뜯었다.
두툼한 지폐 뭉치가 떨어졌다. 하지만 그녀에게는 오로지 편지
생각뿐이었다. 그녀는 편지를 끝부분부터 읽기 시작했다. 그런
후 다시 처음부터 읽기 시작했다. 그녀는 등골이 서늘해졌다.
예기치 못한 무시무시한 불행이 자신에게 닥쳐왔음을 느낀 것
이다.

　아침에 그녀는 남편에게 고백한 것을 후회하고 있었으며 고
백을 하지 않았다면 얼마나 좋을까라는 생각에 잠겨 있었다.

그런데 이 편지는 그 고백을 없었던 일로 하자는 것이었다. 어찌 보면 그녀의 소망이 실현된 것이었다. 하지만 그녀에게는 이 편지가 자신이 상상했던 그 어떤 내용보다 더 끔찍했다.

'우리들의 삶은 이대로 지속되어야 하오'라고 남편은 썼다. 그녀는 그 구절에 몸서리를 치며 생각했다.

'아, 이제까지의 삶은 고통스러웠어. 최근에는 끔찍하기까지 했어. 그렇다면 앞으로는? 그 사람은 모든 걸 다 알고 있는 거야. 내가 브론스키를 사랑하게 된 것을 후회할 수 없다는 것을! 앞으로는 거짓과 기만의 삶밖에 없으리라는 것을! 그는 물속의 물고기처럼 거짓 속에서 헤엄치고 거짓을 즐기는 사람이야. 그렇게 즐기면서 나를 계속 괴롭히겠다는 거야. 안 돼! 그에게 그런 행복을 줄 수 없어! 나를 옭아매려는 그 거짓의 거미줄을 나는 찢어버릴 거야. 무슨 일이 벌어지건 상관없어! 거짓과 기만보다는 나을 테니까.'

하지만 동시에 그녀는 마음속으로 느끼고 있었다. 자신에게는 그 거미줄을 찢어버릴 힘이 하나도 없다는 것을! 이전의 자신의 위치가 제아무리 거짓된 것이었다 하더라도 자신이 거기서 결코 벗어날 수 없다는 것을!

그녀는 책상 앞에 앉아 머리를 감싸고 마치 어린아이처럼 엉

엉 울기 시작했다. 자신의 처지가 명확히 밝혀지고 모든 것이 결판나리라는 꿈이 영영 깨져버렸기에 그녀는 울었다. 모든 것이 이전과 마찬가지이리라는 것을, 아니 이전보다 훨씬 더 나빠지리라는 것을 그녀는 분명히 알 수 있었다. 그녀가 이제까지 세상에서 누려왔던 지위, 오늘 아침까지만 해도 그토록 하찮게 여겨졌던 그 지위가 그녀에게 소중하다는 것, 그 지위를 사랑을 위해 가족과 남편을 버린 부끄러운 여성의 지위와 바꿀 힘이 자신에게는 없다는 것을 알고 그녀는 울었다. 이제 더 이상 자유롭게 사랑할 수 없으리라. 영원히 자신에게 씌워진 죄지은 아내라는 낙인의 위협을 받으며 살아가리라. 그녀는 그 삶이 어떻게 끝날 것인지 짐작조차 할 수 없었다. 그래서 그녀는 마치 벌 받은 아이처럼 서럽게 울었다.

'그래, 브론스키를 만나야 해. 내가 어떻게 해야 할지 말해줄 사람은 그 사람밖에 없어. 벳시에게 가야겠어. 거기 가면 만날 수 있을 거야.'

그녀는 어제 브론스키에게 이제 벳시 트베르스카야의 집에는 가지 않겠다고 말했고, 그 역시 가지 않겠다고 말한 사실을 까맣게 잊은 채 그렇게 생각했다.

그녀는 펜을 들고 남편에게 편지를 썼다.

당신 편지, 잘 받았어요.

안나

그녀는 초인종을 눌러 하녀에게 편지를 전한 뒤 말했다.

"안 떠날 거야. 내일까지는 짐을 풀지 말고 마차도 그냥 대기 시켜놔. 나는 벳시 공작 부인 댁에 좀 다녀올게."

제6장

　안나가 초대받은 크로켓 게임에는 두 명의 귀부인과 그녀들을 추종하는 남자들 두 명이 참석하게 되어 있었다. 페테르부르크 최상류층에 속하는 그녀들은 안나가 주로 참석하는 그룹과는 적대적인 관계였기에 안나는 참석하려 하지 않으려 했었지만 브론스키를 만날 수 있으리라는 희망에 가보려 한 것이다.

　안나는 벳시의 집에 제일 먼저 도착했다. 그녀는 안으로 들어서며 브론스키의 하인이 안으로 들어가고 있는 것을 보았다. 그녀는 그제야 브론스키가 오지 않겠다고 어제 말했음을 기억해냈다. 하인은 오지 못해 미안하다는 브론스키의 쪽지를 갖고 심부름을 온 것이 분명했다. 안나는 그에게 지금 브론스키가 어디 있느냐고 묻고 싶었다. 하지만 벌써 그녀가 도착했음을 알리는 벨이 울렸고 벳시의 하인이 어서 들어가시라는 뜻으로 문을 반쯤 열고 서 있었기에 브론스키의 하인에게 말을 걸 짬이 나지 않았다.

"공작 부인께서는 정원에 계십니다. 정원으로 가시겠습니까?" 다른 하인이 다른 방에서 나오더니 안나에게 말했다.

브론스키를 만날 수도 없는 마당에 자신이 싫어하는 사람들과 함께 있어야 한다니 집에 있을 때보다 더 고역이었다. 하지만 어쩔 수 없었다. 안나는 될 대로 되라는 심정으로 정원으로 갔다.

벳시는 안나에게 뭔가 심상치 않은 구석이 있음을 단번에 알아차렸다.

"잠을 좀 설쳤어요." 안나는 브론스키가 보낸 게 틀림없을 쪽지를 하인이 벳시에게 건네주는 것을 흘끗 바라보며 말했다.

"그런데도 와주어서 고마워요. 자, 차를 들면서 이야기를 나누지요."

"그런데 오래 머물 수가 없어요. 브레데 부인에게 가봐야 해서요. 벌써 오래전에 약속했거든요."

안나는 1초 전까지만 해도 전혀 염두에 두고 있지 않던 이야기를 불쑥 꺼낸 자신에게 오히려 놀랐다. 게다가 하필이면 늙은 브레데 부인이라니! 하지만 안나는 거의 무의식적으로 브론스키와 만나기에 가장 적절한 장소를 교활하게 생각해낸 것이었다.

"그래요? 하지만 당신을 그냥 보내지는 않을 거예요"라고 벳시가 말한 뒤 하인이 건네준 쪽지를 읽었다.

"아, 알렉세이 브론스키가 거짓말을 하네요." 그녀는 프랑스어로 말했다. "일이 생겨 못 온다는 거예요."

벳시는 정원에 놓인 의자에 앉아 편지를 쓰더니 봉투에 집어넣으며 말했다.

"저녁을 들러 오라고 썼어요. 미안하지만 당신이 이 편지를 봉하고 보내줄래요? 안에 좀 갖다 와야겠어요. 준비시킬 일이 있어서요."

벳시가 봉투를 건네준 뒤 안으로 사라지자 안나는 즉시 벳시가 쓴 편지를 꺼냈다. 그녀는 편지를 읽지도 않고 편지 밑에 덧붙였다.

당신에게 꼭 해줄 말이 있어요. 브레데 부인 집 정원으로 오세요. 6시에 그곳에 있겠어요.

안나

그녀는 봉투를 봉하고 하인을 불러 편지를 건네주었다.

벳시의 말대로 안나는 그곳을 즉시 떠나지 못하고 찾아온 손님들과 억지로 어울려야만 했다. 하지만 그녀는 크로켓 게임은 하지 않았다. 그녀는 게임이 시작되기 전에 사람들과 작별 인사를 하고 그곳을 떠났다.

제7장

　브론스키는 겉보기에는 경박한 사교계 생활을 하고 있었지만 실은 방종한 삶을 싫어하는 사람이었다. 그는 자신의 삶을 질서정연하게 유지하기 위해 일 년에 다섯 번 정도는 자신의 삶 전반에 대해 명료하게 정리했으며 특히 재정 상태를 확실히 점검했다. 그는 그날을 '세탁하는 날'이라고 일컬었다.

　경주가 끝난 다음 날 자리에서 늦게 일어난 브론스키는 돈과 청구서, 편지 등을 책상 위에 올려놓고 '세탁'에 착수했다. 그런 날이면 그와 함께 지내는 페트리츠키는 조용히 옷을 입고 외출했다.

　브론스키는 제일 먼저 금전 문제 정리에 착수했다. 꼼꼼히 계산을 해보니 자신의 빚이 총 1만 7,000루블이었다. 그리고 지금 자신에게 현금이 1,800루블 밖에 없으며 금년 내로 들어올 수입도 전혀 없다는 것을 알게 되었다.

브론스키는 부채를 당장 갚아야 할 돈, 당장 급하지는 않지만 빨리 갚아야 할 돈, 천천히 해결해도 될 돈의 세 항목으로 나누었다. 당장 필요한 돈은 4,000루블로서 말 값 1,500루블과 친구 노름 빚 보증 2,500루블이었다. 두 번째 항목은 모두 8,000루블로서 대부분 경주 때문에 진 빚으로 마구간 값, 귀리 대금 등과, 건초 장수, 마구 제작자들에게 줘야 할 돈이었다. 나머지는 가게, 호텔, 재봉사들에게 진 빚으로서 크게 염두에 두지 않아도 되었다.

아무리 적게 잡아도 당장에 필요한 돈이 6,000루블은 되었지만 그의 수중에는 1,800루블밖에 없었다. 사람들은 브론스키의 연수입이 10만 루블은 된다고 생각하고 있었으며 그것이 사실이라면 이 정도 빚은 별 문제가 아닐 수도 있었다. 하지만 현실이 그렇지 않다는 게 문제였다. 그는 아버지의 영지에서 매년 나오는 10만 내지 20만 루블의 수입에서 2만 5,000루블을 제하고는 모두 형에게 양보했다. 형이 결혼할 때 이미 큰 빚이 있었고 형수에게는 재산이 한 푼도 없던 때문이었다. 그는 재산을 양보하며 자신은 결혼 따위는 안 할 것이니, 그 정도면 충분하다고 말했고 실제로 그렇게 믿고 있었다. 물론 브론스키에게는 그 외에도 수입이 있었다. 어머니가 2만 루블을 매년 보내주었던 것이다. 하지만 최근에 어머니는 그 돈을 부치지 않았다. 브론스키가 연애 때문에 출세 길을 마다한 데 대한 일종의 보복이었다. 그는 어머니에게 손을 벌리고 싶지 않았다. 마치 아들을 돈으로 사려는 것 같은 어머니의 태도가 모욕으로 느껴진 때문이었다. 그는 형이나 형수에게도 손을 벌리려 하지 않았다. 형수의 얼굴을 떠올릴 때마다 자신이 그토록 너그러운 데 대해 감사해한다는 형수의 말이 떠올랐고, 그런 형수에게서 이미 준 선물을 빼앗는 것은 불가능하다고 생각했다. 그건 그가 가장 비열하다고 생각하는 일, 즉 여자를 때리거나 도둑질, 거짓말을 하는 것과 같은 짓이었다.

가능한 방법은 딱 하나였다. 그리고 그는 당장에 그 방법을 실행했다. 바로 고리대금업자에게 1만 루블을 빌리는 일이었고 그건 전혀 어렵지 않았다. 이어서 그는 전반적으로 지출을 줄이고 경마용 말을 팔기로 마음먹었다.

재정 문제 '세탁'이 끝나자 그는 지갑에서 전에 안나가 보냈던 편지들을 다시 꺼내 읽었다. 모두 세 통이었다. 그는 그 편지들을 읽은 후 태워버렸다. 그리고 전날 그녀와의 만남을 되새기며 생각에 잠겼다.

브론스키는 자신이 살아가면서 해야 할 일과 해서는 안 되는 일에 대한 규칙을 명확히 정해놓고 있었다. 규칙은 그다지 복잡하지 않았다. 사기 도박꾼의 빚은 갚지만 재봉사에게는 안 갚아도 된다, 남자에게는 거짓말을 하면 안 되지만 여자에게는 해도 된다, 사람을 속이면 안 되지만 남편을 속이는 건 괜찮다, 모욕을 받으면 절대 참아서는 안 되지만 남을 모욕하는 것은 괜찮다, 등등이었다. 그 규칙이 그다지 합리적이라고는 할 수 없었지만 아주 단순명료한 것은 틀림없었다. 그는 그 규칙을 지키면서 아주 당당했다.

이제까지 안나 및 그녀의 남편과 그의 관계는 그가 정한 규칙에서 한 치도 어긋남이 없었다. 그에게 안나는 자신에게 사랑을 준 고결한 여자였다. 그녀는 법으로 맺어진 아내처럼, 아니 그보다 더한 존경을 받을 가치가 있었다. 만일 누군가가 그녀의 명예를 더럽히는 말을 하거나 행동을 한다면 기꺼이 실력 행사를 할 준비가 그는 되어 있었다.

남편과의 관계는 더욱 분명했다. 안나를 사랑하게 되면서 그는 연인을 자신의 권리 행사 대상으로 여겼다. 남편은 단지 거

추장스러운 방해물일 뿐이었다. 남편에게 남아 있는 유일한 권리는 결투를 요구할 권리였고, 그는 기꺼이 그에 응할 준비가 되어 있었다.

하지만 최근 그와 그녀 사이에 그런 외적인 관계 외에 새로운 내적 관계가 성립된 것 같았고, 그 관계가 명료하지 않아서 브론스키는 당황했다. 어제 그녀는 그에게 임신 사실을 알렸다. 자신의 생활 규칙으로 설명할 수 있는 범주를 벗어난 일이었다. 그는 그 말을 듣고 깜짝 놀랐다. 그리고 그 순간 그녀가 남편 곁을 떠나게 해야겠다는 생각이 들었다. 하지만 지금 그는 과연 그 결별이 바람직한 것인지 다시 따져보았다.

'그녀에게 남편을 떠나라고 말하는 것은 곧, 나와 합치자는 말이다. 과연 내가 준비가 되었는가? 우리가 그럴 수 있게 된다고 치자. 우선 제대를 해야 한다. 그리고 돈을 마련해야 한다.'

제대를 한다는 것은 야망을 포기하는 것과 같았다. 그는 어린 시절부터 청년기에 이르기까지 야망에 차 있었다. 그의 야망은 지금 안나와 사랑에 빠진 순간에도, 그 사랑과 우위를 다툴 정도로 그를 강하게 사로잡고 있는 꿈이었다. 그리고 사교계와 군대에서의 그의 첫 행보는 성공적이었다. 그런데 2년 전에 그는 큰 실수를 했다. 그에게 제안이 들어온 자리를 그가 거절한 것이다. 그가 그 자리를 거절한 것은 자신의 독립심을 보여주어 더 큰 미래를 보장받기 위해서였다. 그는 그 거절을 통해 자신에 대한 평가가 더 높아지기를 기대했다. 그러나 만용일 뿐이었고, 결국 그는 승진하지 못한 채 여전히 대위로 머물러 있었다.

최근 안나와 관계를 맺게 되면서 사람들 사이에 오가는 온갖 루머, 사람들이 그들에게 보내는 이목이 그에게 새로운 광채를 부여하게 되었고, 그는 자신을 괴롭히던 야망이라는 벌레를 잠시나마 잠재울 수 있었다. 그런데 최근 그 벌레가 다시 꿈틀거리게 만드는 일이 벌어졌다.

그에게는 어릴 때부터 함께 공부하고 장난하며 야망도 함께 키우던 세르푸홉스코이라는 친구가 있었다. 사관학교도 함께 졸업한 그들은 동시에 임관했다. 그런데 그 젊은 친구이자 라이벌이 중앙아시아에서 세운 공으로 최근에 훈장을 받고 두 계급 승진하여 장군 계급장을 달고 돌아온 것이다. 브론스키는 속으로 생각했다.

'내가 독립적인 생활을 하며 아무리 아름다운 사랑을 하고 있더라도 기껏해야 기병 대위에 지나지 않는다. 물론 나는 그 친구를 질투하지도 않으며 질투할 수도 없다. 다만 그 친구가 그렇게 빨리 출세하는 것을 보면 나라고 기회가 없을 리 없다. 불과 3년 전만 하더라도 그는 나와 같은 지위가 아니었던가? 제대를 한다는 것은 그 기회를 스스로 날려버리는 것과 같다. 군대에 남아 있다면 잃을 것이 없다. 게다가 내게는 그녀의 사랑이 있다. 내가 그 친구를 부러워해야 할 이유는 없다.'

　그렇게 정리하고 나니 조금 전에 금전 문제 정리를 마쳤을 때처럼 기분이 좋아졌다. 그는 외출 준비를 했다. 연대장의 집에서 오찬 모임이 열리기로 되어 있었고 세르푸홉스코이도 참석 예정이었다. 브론스키는 문 앞에서 만난 페트리츠키와 함께 연대장의 집으로 향했다. 페트리츠키는 브론스키의 '세탁'이 끝났으리라 생각하고 그를 데리러 오는 중이었다.

제8장

연대장의 집으로 간 브론스키는 3년 만에 만나는 세르푸홉스코이가 정말 반가웠다. 주연이 이어지고 사람들이 얼큰하게 취했을 때 브론스키와 세르푸홉스코이는 사람들로부터 떨어진 곳에 있는 한 벤치에 나란히 앉았다. 둘만 있게 되자 그들은 계급장을 무시하고 친근한 말투로 이야기를 나누었다.

세르푸홉스코이가 먼저 말했다.

"아내를 통해 자네 이야기는 잘 들었네. 아내를 자주 만나주었다니 정말 고마워."

"자네 소식이야 자네 아내 아니라도 어디서든 들을 수 있었지. 자네 성공 소식을 듣고 정말 기뻤다네. 하지만 놀라지는 않았어. 더 큰 성공을 기대하고 있었거든."

세르푸홉스코이는 미소를 지으며 말했다.

"아니야, 솔직히 말하자면 이렇게까지 성공할 줄은 나도 몰랐어. 하지만 기쁘긴 해. 자네도 알다시피 내게는 야망이 있잖아. 고백하자면 그게 내 약점이기도 해."

"나도 전에는 그랬지. 그런데 여기서 살다보니 인생의 가치가 오로지 야망에만 있는 것은 아니지 않은가 하는 생각이 들어."

"그래, 바로 그 이야기를 하고 싶은 거야." 세르푸홉스코이는 마침 잘 되었다는 기색으로 이야기를 계속했다. "자네는 지금 식으로 즐겁게 지내는 삶에 만족하지 않을 사람이야. 게다가 지금 우리 러시아에는 자네 같은 사람이 필요해. 자네처럼 독립심이 강한 사람이 정당을 만들어 정치를 해야 해."

이어서 세르푸홉스코이는 러시아의 현 상황에 대해 길게 설명했다. 브론스키는 친구가 한 말의 내용보다는, 상황에 대한 그의 접근 방식이 폭넓고 깊은 것을 보고 놀랐다. 그것은 브론스키가 지금 함께 지내고 있는 사람들에게서는 좀처럼 찾아보기 어려운 장점이자 재능이었다. 브론스키는 부끄럽기도 했고 세르푸홉스코이가 부럽기도 했다.

브론스키가 입을 열었다.

"자네 말대로 하기에는 정말로 중요한 한 가지가 내게는 없다네. 내게는 권력욕이 없어. 전에는 있었는지 몰라도 이제는 사라져버렸어."

"미안하지만 그건 진실이 아니야." 세르푸홉스코이가 웃으며 말했다. "자네는 나와 동갑이야. 그렇지만 나보다는 훨씬 더 많은 여자를 알았겠지. 그렇다고 나보다 여자에 대해 더 잘 알까? 난 기혼자야. 누군가 이런 말을 했지? 사랑하는 아내를 한 명 알게 되면 수천 명의 여자를 만난 것보다 여자에 대해 더 잘 알게 된다고."

그때 한 장교가 오더니 연대장이 부른다는 전갈을 전했다. 브론스키는 "곧 간다고 전해"라고 말한 뒤에 세르푸홉스코이에게 귀를 기울였다. 그가 무슨 말을 할지 궁금했던 것이다.

"자, 내 의견을 말해주지. 여자는 사내의 경력에 걸림돌일 뿐이라네. 여자를 사랑하면서 동시에 뭔가를 한다는 건 어려운 일이야. 사랑이 일에 방해가 되지 않는 유일한 방법은 결혼밖에 없어. 이걸 어떻게 쉽게 비유할 수 있을까? 그래, 짐을 들고 가면서 뭔가 일을 하려면 그 짐을 등에 붙들어 매는 수밖에 없지? 그게 바로 결혼인 거야."

그러자 브론스키가 말했다.

"자네는 사랑을 해본 적이 없군."

"그럴지도 모르지. 하지만 이건 꼭 명심하게. 여자는 남자보다 훨씬 물질적이야. 우리는 사랑 때문에 뭔가 대단한 짓을 저지르지. 하지만 여자들은 언제나 세속적이야."

그때 하인이 다가와서 브론스키에게 쪽지를 건네며 말했다.

"벳시 트베르스카야 공작 부인께서 나리께 전하라고 하신 편지입니다."

브론스키는 편지를 뜯어보더니 얼굴이 확 달아올랐다. 그가 세르푸홉스코이에게 말했다.

"머리가 좀 아파서 집에 가봐야겠네."

"그래? 그럼 잘 가게. 페테르부르크에서 자넬 기다리겠네."

제9장

벌써 6시가 다 되어가고 있었다. 말을 타고 가다가는 남들의 눈에 띌 것 같아 브론스키는 동료 야시빈이 빌려놓은 삯마차에 올랐다.

그는 기분이 좋았다. 일이 제대로 정리되었다는 생각과 더불어, 세르푸홉스코이가 여전히 자신에게 보여주고 있는 우정, 자신을 높이 평가하면서 해준 칭찬들이 그를 기분 좋게 만들어주었다. 하지만 무엇보다 안나와의 밀회에 대한 기대감이 그에게 삶의 환희를 불러일으켰다.

'행복해. 정말 행복해.'

그는 심호흡을 하며 생각했다. 그는 전에도 자신의 육체를 생각하며 기쁨을 느낀 적이 많았지만 그 육체를 지금처럼 좋아한

적은 없었다.

'아무것도, 내게는 아무것도 필요하지 않아. 내게는 이 행복만 있으면 돼.'

그는 호주머니에서 3루블짜리 지폐를 꺼내더니 창문 밖으로 고개를 내밀고 마부를 불렀다. 그리고 뒤를 돌아보는 마부 손에 지폐를 쥐어주며 외쳤다.

"자, 달려! 달리라고!"

이윽고 마차가 멈추었다. 그는 마차에서 내려 브레데 부인 정원의 가로수 길을 걸어가며 지난번에 보았던 안나의 모습을 떠올렸다.

'가면 갈수록 나는 그녀를 사랑해. 그런데 그녀는 왜 이곳에서 나를 보자고 했을까? 왜 그걸 벳시의 편지에 쓴 걸까?'

하지만 그런 생각에 젖어 있을 겨를도 없었다. 멀리서 안나의 모습이 눈에 띈 것이다. 즉시 전류 같은 것이 온몸을 훑고 지나갔다. 그가 가까이 가자 그녀가 그의 손을 꼭 잡았다.

"이렇게 보자고 해서 화나지 않았나요? 하지만 당신을 꼭 만나야만 했어요."

브론스키는 뭔가 심상찮은 일이 생겼으며 이 만남이 달콤한 밀회가 될 수 없음을 직감했다. 그녀가 왜 불안해하는지 이유도 모르는 채 그는 그녀의 불안감에 전염되었다.

"무슨 일이에요? 왜 그래요?" 그가 뭔가 알아내려는 듯 그녀의 얼굴을 뚫어지게 바라보며 말했다.

그녀가 갑자기 걸음을 멈추더니 입을 열었다.

"어제 당신에게 말하지 않았지만……." 그녀는 숨을 가쁘게 몰아쉬고 있었다. "남편과 집으로 돌아가면서 모든 걸 다 털어놓았어요……. 더 이상 그의 아내가 될 수 없다고……. 그래요, 전부 다 털어놓았어요."

그는 자신도 모르게 그녀를 향해 몸을 기울인 채 그녀의 말을 듣고 있었다. 마치 그녀의 어려움을 덜어주고 싶어하는 것 같았다. 그녀가 말을 마치자 그는 갑자기 몸을 꼿꼿이 세우더니 자신만만하면서도 굳은 표정을 지었다. 그가 말했다.

"그래요, 맞아! 그게 나아요! 천 배는 나아요! 당신이 얼마나 힘들었을지 알아요."

만일 그 순간 그의 입에서 "모든 걸 버리고 나와 떠나요!"라는 말이 나왔다면 그녀는 기꺼이 모든 것을, 심지어 아들까지 포기하려 했을 것이다. 하지만 그에게서는 그녀가 기대했던 반응은 나오지 않았다. 다만 마치 무슨 모욕이라도 당한 듯 결연한 표정이었다.

그녀가 조심스럽게 말했다.

"아뇨, 힘들지 않았어요. 저절로 그렇게 된 걸요." 그녀는 초조한 듯 말하며 남편이 보낸 편지를 꺼냈다. 편지를 받아들면서 브론스키는 매우 당연한 생각에 사로잡혀 있었다.

'그래. 오늘 중으로, 늦어도 내일까지는 결투 신청이 날아오리라.'

이어서 그는 자신이 고고한 표정으로 하늘을 향해 총을 쏘는 모습, 명예가 더럽혀진 남편이 자신을 향해 천천히 총을 겨누는 모습을 그려보았다.

그런데 편지의 내용은? 그는 편지를 다 읽은 후 고개를 들어 안나의 눈을 바라보았다. 하지만 그녀를 바라보는 그의 눈길에는 결연함이 없었다. 그는 아침에 그가 했던 생각, 그리고 세르푸홉스코이가 해준 말을 떠올리고 있었다. 그의 눈을 보고 안나는 그가 이런 일에 대해 이미 생각해왔음을 알 수 있었다. 그리고 그의 입에서 어떤 말이 나오더라도 그가 자신의 생각을 온전히 다 말해주지 않으리라는 것도 알 수 있었다. 그녀는 자신의 마지막 희망이 사라졌음을 알았다. 그녀가 기대했던 것은 이런 게 아니었던 것이다.

"그 사람이 어떤 사람인지 당신도 알겠지요?" 그녀가 떨리는 목소리로 말했다. "그 사람은……."

"미안하지만 나는 이렇게 된 게 차라리 기쁩니다." 브론스키가 그녀의 말을 가로채며 말했다.

"내가 기쁜 이유는 결코 그 사람이 말한 대로 살아갈 수는 없기 때문입니다."

"왜 그렇다는 거지요?" 안나가 눈물을 참으며 말했다. 하지만 그녀는 그가 하는 말에 아무런 의미도 부여하지 않고 있음이 역력했다. 그녀는 자신의 운명은 이제 끝이 났다고 생각했다.

브론스키는 결투 후에는—그는 결투가 불가피하다고 생각하고 있었다—모든 게 전처럼 흘러갈 수는 없다고 말하려 했다. 그런데 그의 입에서는 전혀 다른 말이 나오고 말았다.

"이런 식으로 계속될 수는 없어요. 당신이 이제 그 사람을 떠나길 바랍니다. 나는……." 그는 혼란스러웠다. 그는 머뭇거리며 얼굴을 붉혔다. "내가 우리 삶을 정리하고 새로 짤 수 있게 해주길…… 내일……."

그러자 이번에는 안나가 그의 말을 잘랐다.

"그럼, 아들은요? 아이를 버릴 수는 없어요!"

"그렇지만 선택해야만 해요. 아들을 버리는 게 나은가요? 아니면 이런 굴욕적인 삶을 견디고 사는 게 나은가요?"

제3부

245

"굴욕적인 삶······ 그런 말은 이제 내게 아무 의미가 없어요."

그녀는 그의 입에서 더 이상 다른 말이 나오는 것을 원치 않았다. 그녀에게 남은 것은 오로지 그를 향한 사랑뿐이었고, 그건 굴욕이 아니었다.

"당신, 모르겠어요? 당신을 사랑하게 된 그날부터 모든 것이 달라졌다는 사실을······ 내게는 당신의 사랑밖에 없어요. 당신 사랑이 내 것이라면 난 내가 너무 자랑스럽다고 느껴요. 내게 굴욕이란건 없어요······. 내가 자랑스러운 건······ 자랑스러운 건······."

그녀는 말을 맺지 못했다. 브론스키도 감동에 젖어 뭔가 목에 차오르고 코가 시큰해 왔다. 생전 처음 울음이라도 터져 나올 것 같았다.

하지만 무엇 때문인지는 딱 꼬집어 말할 수 없었다. 다만 그녀가 불쌍할 뿐이었고 자신이 그녀를 도울 수 없다는 사실만 느끼고 있을 뿐이었다.

"정말이지, 이혼이 불가능한가요?" 그가 힘없이 물었다.

그녀가 말없이 고개를 저었다.

"나는 화요일에 페테르부르크에 갑니다. 그때 모든 게 결정되겠지요."

브론스키가 말했고 곧이어 안나가 오라고 미리 일러두었던 마차가 도착했다. 안나는 브론스키와 헤어져 집으로 돌아왔다.

제10장

레빈이 낟가리 위에서 보낸 밤은 그에게 큰 영향을 주었다. 그간 그를 그토록 사로잡던 농사일에 싫증이 난 것이다. 올해는 유례없는 대풍작이었지만 올해처럼 그와 농부들 사이가 삐걱거렸던 적도 없었다. 적어도 레빈은 그렇게 느꼈다. 그리고 그 이유가 레빈 자신에게 있음을 그는 뼈저리게 실감할 수 있었다. 그에게 이전까지 일에서 느낀 매력, 농부들에게서 느끼는 친근감, 그들의 삶에 대한 부러움 등은, 그가 밖에서 바라본 일종의 꿈이었다. 그런데 그날 밤 이후 그런 것은 이제 더 이상 꿈이 아니었다. 그는 그런 삶을 살기 위해 구체적으로 계획도 세우고 자세한 실천 사항도 정해 놓았다. 그러자 이상한 일이 벌어졌다. 농사일에 대한 그의 기존의 생각이 완전히 뒤바뀌면서 그전처럼 농사일에 흥미를 갖지 못하게 되었을 뿐 아니라 그와 농부들 사이의 불편한 관계가 훤히 보이게 된 것이었다.

그의 막연한 관념과는 달리 농사일은 자신과 농부들 사이의 끊임없는 싸움일 뿐이었다. 그러니 농부들에게 친근감을 느끼며 흥미를 갖고 했던 농사일이 시들해진 것은 당연했다. 그가 느낀 친근감은 그만이 지닌 환상이었지 현실이 아니었다. 곁에서 자세히 살펴보니 농부들은 열심히 일한 것이 아니라 그저 즐겁게 일을 했을 뿐이었다. 자신이 친근감을 느끼던 농부들의 모습은 허상일 뿐이었다. 따라서 지주로서 자신이 갖고 있는 관심사는 그들에게는 영 낯설고 이해가 안 될 뿐이었다. 그가 농부들과 친하게 되는 유일한 길은 그가 농부가 되는 것이었다. 하지만 너무 당연한 말이지만 그는 결코 농부가 될 수 없었다.

게다가 그의 집으로부터 30킬로미터 정도 밖에 떨어져 있지 않은 곳에 키티가 있다는 사실도 그를 불편하게 만들었다. 돌리는 계속해서 자기 집에 한 번 찾아와서 자기 여동생에게 청혼하라고 부추기고 있었다. 이번에는 키티가 분명 받아들일 것이라고 그녀는 끊임없이 암시하고 있었다. 하지만 그는 그런 불순한 의도를 갖고 그녀의 집에 찾아간다는 것은 자신에게도 키티에게도 모욕이라고 느꼈다.

어느 날 돌리는 레빈에게 키티가 쓸 여자용 승마 안장을 하나 보내달라고 편지를 보냈다.

'당신에게 안장이 있다고 들었어요. 당신이 직접 가져와주면 고맙겠어요.'

레빈은 고민 끝에 아무런 쪽지 없이 안장만 보냈다. 속으로는 돌리에게 화까지 났다.

'그토록 세심한 여자가 어떻게 여동생을 이토록 비굴하게 만들 수 있단 말인가!'

그는 안장을 들고 갈 수도 없었으며, 그렇다고 안장만 보낸다는 냉정한 편지를 보낼 수도 없었기에 안장만 보낸 것이었다. 그런데 답장 없이 안장만 덜렁 보내고 나니 그는 더욱 부끄러웠다.

농사일에 싫증이 난데다, 그런 부끄러운 일도 겪게 되자 그는 농사일을 집사에게 맡겨버리고 스비야지스키라는 친구의 영지로 사냥을 떠났다. 영지는 꽤 멀리 떨어져 있는 수롭스키군(郡)에 있었지만 영지 근처에는 도요새가 사는 멋진 습지가 있었다. 친구가 오래전부터 그를 줄곧 초대해 왔으며 그도 꼭 한 번 가보고 싶던 곳이었지만 농사일이 바빠서 미뤄오던 것을 이제야 나선 것이다.

셰르바츠키 일가로부터 멀어진다는 사실, 또 무엇보다 농사 일에서 벗어나 사냥을 하게 되었다는 사실에 그는 모처럼 즐거웠다. 아무리 힘든 상황에서도 사냥은 언제나 최고의 위안거리였다.

수롭스키군까지는 철도가 없었기에 레빈은 자신의 마차를 타고 길을 떠났다. 가는 도중에 그는 말에게 먹이도 먹일 겸 한 부유한 농부의 집에 머물게 되었다. 머리가 희끗희끗한 주인은 레빈을 안으로 들라고 친절하게 안내했다.

차를 대접하며 노인이 레빈에게 말했다.

"그러니까 스비야지스키 나리 댁에 가시는 길이라고요? 나리께서도 저희 집에 자주 오시지요."

이어서 그는 자기가 스비야지스키에 대해 아는 바를 약간은 수다스럽게 늘어놓기 시작했다. 그때 문이 삐걱거리며 열리더니 들판에서 돌아온 일꾼들이 마당으로 들어섰다. 두 명의 젊은 이는 가족 같았고, 다른 두 명은 고용한 일꾼 같았다. 그들을 보자 레빈이 주인에게 물었다.

"뭘 경작하고 오는 거요?"

"감자밭을 갈았습지요. 약간의 땅뙈기를 빌려서 농사를 짓고 있습니다요."

레빈은 주인과 차를 마시며 이야기를 나눈 결과 노인의 농사 일에 대해 모두 알게 되었다. 노인은 10년 전에 300에이커의 땅을 어느 여지주로부터 임대해 농사를 지었다. 그는 작년에 그 땅을 사들였고 다시 이웃 지주로부터 그 배가 되는 땅을 임대했다. 그는 그중의 일부를 다른 농부에게 재임대했고 가장 비옥한 땅은 가족 및 고용 일꾼들과 함께 직접 경작했다.

노인과 이야기를 나누면서 레빈은 이 나이든 농민이 새로운 방식을 꺼리지 않고 받아들이고 있음을 알게 되었다. 레빈이 오는 길에 보니 그의 감자들은 이미 꽃을 피웠다 진 후 결실을 맺고 있었다. 그에 비해 레빈의 감자는 이제 겨우 꽃을 피운 상태였다. 게다가 노인이 솎아낸 쭉정이 호밀을 말 사료로 사용한다는 사실을 알고 레빈은 놀랐다. 훌륭한 사료감이 그대로 낭비되는 것 같아 레빈도 쭉정이를 모으려고 여러 번 시도했지만 번번이 실패로 돌아갔었다.

"아낙네들이 그런 걸 안 하면 뭘 하겠습니까?"라고 노인이 말했다.

"하지만 나는 그런 걸 시킬 수가 없어. 시키더라도 일꾼들이 제대로 하지 않거든."

"아, 일꾼들이야 일을 망칠 뿐이지요. 스비야지스키 나리만 해도 그래요. 그렇게 좋은 땅에서 소출은 정말 보잘 것 없거든 요. 그게 다 제대로 관리하지 않아서 그런 겁니다."

"하지만 노인장도 일꾼을 고용해서 농사를 짓고 있지 않소?"

"우리들도 똑같은 농사꾼인뎁쇼. 모든 일을 저희가 직접 합니다. 일꾼이 일을 못하면 나가라고 합니다. 우리들 힘으로도 할수 있으니까요."

노인의 집을 떠나면서 레빈에게는 농부가 들려준 이야기들, 건강한 가족들의 얼굴, 특히 선량하고 부지런한 며느리의 얼굴이 자꾸 머리에 떠올랐다. 그가 그 집에서 받은 인상 중에서 뭔가 특별히 주목해야 할 것이 있는 것만 같았다.

제11장

　스비야지스키는 군(郡)에서 귀족 원수(元帥)였다. 그는 레빈보다 다섯 살이 많았으며 이미 오래전에 결혼한 몸이었다. 그는 레빈이 아는 한, 가장 훌륭한 지방 유지 중의 한 명이었다. 하지만 그와 동시에 그에게는 말과 행동이 일치하지 않는 면이 많았다.

　그는 자유주의적인 인물이었다. 그는 지주계급을 경멸하면서도 농노제를 찬성했다. 동시에 그는 복장으로 보나 태도로 보나 가장 전형적인 지주이기도 했다. 또한 그는 진정으로 인간적인 삶은 유럽에서나 가능하다고 생각하고 기회만 있으면 유럽에 나가 지내면서도 러시아에서 벌어지는 모든 일에 지대한 관심을 쏟고 있었다. 그는 러시아 농민이 원숭이에서 사람으로 진화되는 과정에 있다고 생각하면서도 지방 선거 때만 되면 흔쾌히 농민들과 악수를 했다. 그는 지주이면서 동시에 관직에도 종사하고 있었다.

그는 여성들의 독립과 자유, 여성들의 일할 권리를 열렬히 지지했다. 하지만 그의 아내는 자식도 없는 가정 일을 돌보느라 다른 아무 일도 하지 않았으며 할 수도 없었다. 그는 어처구니없는 사람처럼 보이면서도 동시에 매우 똑똑하고 학식이 높았다. 그는 자기주장이 뚜렷하면서도 동시에 겸손하고 선량했다. 레빈은 그를 이해하려고 애를 써봤지만 이해할 수 없었으며, 그의 삶 자체가 살아 있는 수수께끼 같았다. 하지만 그가 행복한 삶을 살고 있는 것만은 분명했다.

사냥은 레빈의 기대에 미치지 못했다. 습지가 메말랐고 도요새는 거의 보이지 않았다. 온종일 돌아다닌 끝에 겨우 세 마리의 도요새를 잡을 수 있을 뿐이었다.

저녁에 차를 마실 때 후원회 일을 의논하러 지주 두 명이 찾아왔고, 그 자리에서 레빈이 기대하고 있던 흥미로운 대화가 오갔다.

그들 중 희끗희끗한 콧수염을 기른 지주는 농노해방 반대론자이며 평생을 시골에서 살아온 지주임이 분명해 보였다. 그가 입은 해진 구식 코트, 그의 찡그린 눈, 오랫동안 몸에 배어 있는 명령조의 어투, 약지에 결혼반지가 껴 있는 햇살에 그을린 손을 보고 레빈은 한눈에 그 사실을 알아차릴 수 있었다. 대화는 주로 그가 주도했으며 함께 온 지주는 거의 말이 없었다.

그가 농노해방에 대해 한마디했다.

"이제까지 일궈놓은 것이 아깝지 않다면 손을 털고 떠나버리는 거지."

"하지만 당신은 그러지 않으셨잖습니까?" 스비야지스키가 그의 말을 받았다. "뭔가 이득이 있으니까요."

"딱 한 가지 이익이 있지. 사들인 것도 아니고 임대한 것도 아닌, 물려받은 내 집에 산다는 거. 어쨌든 당신 같은 농노해방 지지자들이 잘못 알고 있는 게 있어. 농부들은 절대로 깨칠 수 없어. 늘 술에 젖어 있고 방탕하기만 하지. 농노해방은 그런 자들을 그냥 풀어놓은 거라니까."

"하지만 저도 그렇고 저 사람도 그렇고 이제 다른 방식으로 잘 하고 있는데요." 스비야지스키가 레빈을 손가락으로 가리키며 말했다.

"아니, 뭐가 잘되고 있다는 거야? 더 나빠진 게 뻔한데. 우리 시대 지주들은 농노제하에서 최고의 농사법과 농기구들을 도입했어. 모두 우리 지주들 힘으로 개혁을 이룩했다 이거지. 농부들은 처음에는 반대했지만 이제 겨우 우리들을 따라 하게 되었어. 농사법은 늘 개혁해야 해. 하지만 농부들은 개혁이라곤 몰라. 그 개혁은 지주의 힘에 의해서만 가능해. 그런데 농노제가 폐지되고 우리 지주들은 권위를 잃었단 말이야. 이제 겨우 높은 수준에 올라오게 된 농업이 원시적이고 후진적인 상태로 추락하게 되었다 이거야.”

이어서 지주와 스비야지스키 사이에 논쟁이 오갔다. 스비야지스키는 농노제하의 러시아 농업이 절대로 높은 수준이 아니었다고 반박하며 은행에서 융자를 받아서라도 좋은 기계, 좋은 품종을 사들여서 농사를 지어야 한다고 말했다.

레빈이 보기에 농노해방을 반대하는 지주의 말에 억지가 있었지만 적어도 현실적으로는 그의 말이 맞는 것 같았다. 간혹 예외가 있을지 몰라도 농노해방 이후에 거의 모든 지주들은 수익이 크게 줄었으며 스비지야스키의 주장은 비현실적이고 관념적인 논리에 불과했다.

하지만 러시아 농부는 돼지 같은 생활을 좋아하고 그런 농부들을 그런 곳에서 끌어내리려면 권력과 회초리가 필요하다는 농노제 옹호 지주의 말에는 동의할 수 없었다.

그가 지주에게 말했다.

"왜 권력과 회초리만 필요하다고 하시는 거지요? 노동 생산성을 끌어올릴 수 있는 새로운 관계를 왜 찾을 수 없다고 하시는 거지요?"

"어떤 새로운 것? 이제 남은 건 오로지 자유 노동뿐인데. 품팔이, 일용노동, 막일꾼, 이런 것들만 남을 판인데."

레빈은 그와 더 이야기를 하고 싶었지만 두 명의 지주는 볼일이 있다며 나가버렸다.

그날 밤 레빈은 침대에 누워 지주의 주장을 꼼꼼히 따져보았다. 그리고 상상 속에서 그에게 다음과 같이 반박했다.

'당신은 농부들이 혁신을 싫어하기에 우리 농업이 잘 굴러가지 않는다고 말했지요? 그래서 그들을 이끌고 제어할 힘이 필요하다는 거지요? 하지만 농사일은 농부들이 주인일 때도 잘 굴러갑니다. 당신이 생각하는 개혁 없이도 잘 굴러갑니다. 내가 이곳에 오는 길에 만난 노인장이 좋은 예입니다. 당신이나 나나 지금 우리의 농업에 대해 불만이 많지요. 각자 우리나 일꾼들 중 한쪽에 잘못이 있다고 생각하고 있지요. 하지만 일꾼들에게 모든 잘못이 있다고 생각하는 것은 우리들이 일꾼들의 특성을 고려하지 않았기 때문입니다. 노동력을 단순히 추상적인 힘이 아니라 본능을 지닌 러시아 농부 자체로 간주합시다. 그리고 우리의 농업 시스템을 거기에 맞춥시다.

감히 말씀드리지만 당신이 그 노인장처럼 농사를 짓는다면, 농부들 스스로 성공적인 농사법에 흥미를 갖게 될 것이며 그들 스스로 혁신적인 농사법을 찾아내어 받아들이게 될 것입니다. 그렇게 되면 땅을 혹사하지도 않고 이전보다 두세 배의 수확을 올릴 수 있게 될 것입니다. 그 수확을 둘로 나누어 반을 농부에게 주십시오. 그러면 당신의 몫도, 일꾼의 몫도 늘어나게 될 겁니다. 세부 사항은 열심히 연구해야겠지만 그 일이 가능하다는 것은 의심의 여지가 없습니다.'

그 생각을 하자 레빈은 극도로 흥분했다. 그는 거의 뜬눈으로 그 일을 실현하기 위한 세부 사항들을 생각해보았다.

그는 다음 날 서둘러 길을 떠났다. 가을 곡식 파종 전에 농부들에게 새로운 계획을 제안하고 그 계획에 따라 파종해야 했다. 그는 지금까지의 농사법을 전면 개혁하기로 마음먹었다.

제12장

레빈이 계획을 실행하는 데는 많은 난관이 뒤따랐다. 우선 그의 제안에 대해 농부들은 그 결과가 자신에게 이익이 될지 손해가 될지 따져볼 여유조차 없었다. 그날그날의 일에만 몰두해 있기 때문이었다.

하지만 무엇보다 어려웠던 것은 이 개혁이 농부들을 착취하는 새로운 방법이 아니라 그들의 이익을 위한 방법이라는 사실을 납득시키는 일이었다. 그만큼 지주에 대한 농민들의 불신은 컸다. 그들은 레빈이 무슨 말을 하건 진짜 속셈은 다른 곳에 있다고 굳게 믿었다. 게다가 농부들은 레빈이 권한 새로운 농법도 신용하지 않았고 그가 새로 사들인 농기구들을 사용하지도 않았다. 그들은 새로운 기구가 편리하다는 것을 인정하면서도 그것을 사용하면 안 되는 이유를 천 가지도 더 늘어놓았다. 레빈은 안타까웠다. 하지만 레빈은 계속 노력했고 가을 무렵이 되자 새로운 시스템이 돌아가기 시작했다. 아니, 최소한 레빈에 게는 그렇게 보였다. 그리고 장차 그 시스템의 효용성이 드러 나면 모든 일이 수월하게 진행되리라고 확신했다.

새로운 시스템을 도입하는 한편 책을 쓰느라 너무 바빠서 그 는 가을이 되기까지 좋아하는 사냥을 할 엄두도 내지 못했다. 한편 8월 말에, 안장을 돌려주러 온 오블론스키 집안 하인을 통 해 그 집안사람들이 모스크바로 떠났다는 것을 레빈은 알게 되 었다. 그는 돌리의 편지에 대해 답장도 하지 않았던 사실이 다 시 부끄럽게 여겨져 얼굴이 빨개졌다.

어느덧 9월 말이 되었다. 레빈은 자신이 직접 실천하고 있는 농업 개혁에 대해 책을 쓰기 위해 수시로 생각에 잠겼고 수시 로 메모를 했다. 그의 생각을 간단히 정리하면 다음과 같았다.

'목적을 향해 끈기 있게 가야 한다. 그러면 목표를 이룰 수 있을 것이다. 힘들여 노력할 가치가 있는 일이다. 이건 내 개인 의 일이 아니다. 여기에는 공공의 복지 문제가 걸려 있다. 우리 의 국민 환경을 결정짓는 주요 요인인 경작 시스템 전체가 개혁되어야 한다. 가난 대신에 전반적인 부와 만족이, 적대감 대신 조화와 이익의 통합이 이루어져야 한다. 한 마디로 무혈혁명이다. 하지만 진정으로 위대한 혁명이다. 우리 군의 작은 단위부터 시작하여 현으로, 러시아로, 전 세계로 퍼져나갈 것이다. 이것이 바로 그 목적이고 그 때문에 노력할 가치가 있다. 그리고 나 콘스탄틴 로빈, 무도회에 검은 넥타이를 매고 갔던, 키티에게 거절당했던, 그래서 스스로 너무 보잘것없는 존재로 여겨졌던, 내가…….'

그가 그런 생각에 젖어 메모를 하고 있을 때였다. 멀리서 마차 방울 소리가 들리는 것 같더니 얼마 안 있어 진흙탕 위를 마차가 둔탁하게 굴러오는 소리가 났다. 레빈은 그 누가 되었건 손님이 온 것이 반가워서 밖으로 나갔다.

계단 중간쯤까지 한달음에 뛰어나가던 레빈은 현관에서 들리는 익숙한 기침 소리에 잠시 발걸음을 멈추었다. 분명 니콜라이 레빈 형이었다. 그는 형을 좋아했지만 지금은 반갑지 않았다. 지금은 그저 쾌활한 손님, 그래서 복잡한 생각에서 벗어나게 해줄 손님이 레빈에게 필요했다. 하지만 형은 자신을 속속들이 다 이해하고 있었으며, 자신의 속생각을 다 끄집어내어 말할 수밖에 없게 만들 것이다. 그리고 그는 지금 그것을 원치 않고 있었다.

그는 형을 반가워하지 않는 자신의 속생각 자체가 역겨워 스스로에게 화를 내며 현관으로 뛰어나갔다.

형은 전보다 더 마르고 쇠약해져 있었다. 레빈을 보자 형은 미소를 띠며 말했다.

"자, 이렇게 내가 왔다. 오래전부터 너를 찾아오고 싶었는데 건강이 안 좋아서……. 지금은 많이 좋아졌다."

몇 주 전에 레빈은 형에게 편지를 썼다. 아직 정리되지 않은 작은 땅뙈기를 처분해서 형 몫이 2,000루블 정도 생겼다는 내용이었다. 니콜라이는 그 돈을 받으러 왔다고 말했다.

레빈은 형을 서재로 안내했다.

"여기서 한두 달 지내야겠다. 그런 후 모스크바로 갈 거야. 먀그코프라는 친구가 내게 관직을 약속했어. 이제 다른 식으로 살아가야지. 참, 난 그 여자 치워버렸다."

"마리야 니콜라예브나 말인가요? 왜요?"

"아, 정말 몹쓸 여자더라. 나쁜 짓을 한두 번 저질렀어야지."

그러나 그녀가 무슨 몹쓸 짓을 저질렀는지는 말해주지 않았다. 차를 너무 연하게 타준다고, 자신을 너무 중환자 취급했기 때문이라고 말할 수는 없었던 것이다.

"아, 이제는 내 삶을 완전히 다 바꿀 거야. 다행히 건강도 좋아졌고……."

하지만 콘스탄틴 레빈은 니콜라이가 거짓말을 하고 있음을 알 수 있었다. 둘은 아주 친했기에 작은 몸짓, 어조 하나만으로도 많은 것을 주고받을 수 있었다.

지금 둘은 딱 한 가지 생각만 하고 있었다. 니콜라이의 병과 그에게 가까이 다가온 죽음, 바로 그것이었다.

일찍 자고 싶다는 형을 침대에 눕힌 후 잠자리에 누워 레빈은 생각했다.

'그래, 형은 죽어가고 있다. 봄이 오기 전에 죽을지도 모른다. 그런데 어떻게 형을 돕지? 형에게 무슨 말을 해주지? 죽음, 그것에 대해 내가 알고 있는 게 뭐가 있지? 나는 아예 그런 게 존재한다는 것도 잊고 살아왔는데.'

니콜라이가 이곳에 온 지도 사흘이 되었다. 니콜라이는 동생에게 그가 품고 있는 개혁 계획을 설명해보라고 독촉했다. 레빈이 대충 설명해주자 니콜라이는 비판 정도가 아니라 공산주의자가 다 되었구나, 라며 동생을 조롱했다.

"너는 남의 사상을 가져다가 장점은 다 잘라내고 적당히 써

먹으면서 네 것인 양 하는 거야."

"내 생각하고 공산주의하고는 아무런 공통점도 없어요."

그러자 니콜라이가 조소를 흘리며 말했다.

"뭐, 마찬가지야. 어쨌든 뭐라고 할까, 기하학적인 균형이랄까, 명증함이랄까, 혹은 확실함이랄까, 그런 것들이 주는 매력이 있어. 아마 유토피아 같은 거겠지. 하지만 그런 것이 가능하다는 생각을 받아들이는 순간, 모든 과거는 백지가 되어버리는 거야. 재산도, 가족도 없어지고…… 그때는 노동이 스스로 모든 것을 움직이겠지. 하지만 넌 얻는 게 아무것도 없어."

"형, 형은 지금 억지로 막 뒤섞고 있는 거야. 나는 공산주의자였던 적이 없어. 나는 다만 나나 노동자 모두에게 도움이 되는 노동 방법을 찾고 싶은 거야."

"넌 아무것도 만들어내지 못할 거다. 솔직히 말해봐라, 네 목적이란 건 뭔가 독창적이고 기발한 사람이 되고 싶다는 거 아니냐? 농부들을 마구 쥐어짜는 게 아니고 마치 무슨 비전이라도 갖고 있는 척하고 싶은 거. 넌 신념이란 것을 가진 적도 없고 갖고 있지도 않아. 그저 허영심이나 채우려는 거지."

"형 생각이 정 그렇다면 날 좀 내버려둬!" 레빈은 화가 나서 얼굴 근육을 씰룩거리며 말했다.

니콜라이도 덩달아 화를 내며 말했다.

"오냐, 내버려두마. 벌써 그랬어야 했지! 너랑은 이제 끝장이다! 아예 안 왔어야 할 것을!"

레빈은 형을 진정시키려 애를 썼다. 하지만 니콜라이는 결심을 꺾지 않고 떠나겠다고 고집했다.

니콜라이가 출발 준비를 하는 것을 보고 레빈은 자기 때문에 마음이 상했다면 용서해달라고 형에게 빌었다. 그러자 니콜라이가 웃으며 말했다.

"오, 난 얼마나 너그러운가! 만일 네가 옳다고 생각하고 싶다면 그렇다고 해주마. 그래, 네가 옳다. 그렇더라도 나는 갈 거다."

출발 직전 니콜라이는 진지한 눈으로 동생을 바라보며 말했다.

"코스챠, 어쨌든 나를 사악한 놈으로 기억하지 말아줘!"

그가 며칠 머문 동안 진심으로 한 말은 그 한 마디뿐이었다. 레빈은 형의 그 말에 담긴 뜻을 이해했다.

레빈은 그 말을 '넌 내가 나쁜 놈이라는 것을 알았지? 우리는 아마 다시 보지 못할지도 모른다'라고 이해했고, 그러자 눈물이 흘러내렸다. 그는 형에게 입을 맞추었지만 아무 말도 하지 못했다. 무슨 말을 해야 할지 알 수 없었던 것이다.

형이 떠난 지 사흘 뒤에 레빈도 외국 여행을 떠났다. 그는 기차 안에서 키티의 사촌 니콜라이를 우연히 만났다. 레빈이 극심하게 우울한 표정을 하고 있는 것을 보고 니콜라이가 놀라서 무슨 일이냐고 물었고 레빈은 최근에 자신을 사로잡고 있는 생각들을 그에게 말해주었다.

레빈은 모든 것들에서 죽음을 보았고, 모든 것들이 죽음을 향해 가는 것 같았다. 그러면서도 그는 그가 품고 있는 계획에 더욱더 몰입했다. 죽음이 오기 전까지 어쨌든 삶은 살아내야만 하는 것이었다. 그에게는 마치 모든 것들에 어둠이 내린 것 같았다. 하지만 바로 그렇기에 이 어둠 속에서 유일하게 자신을 인도할 수 있는 것은 자신의 일밖에 없음을 느꼈으며 온 힘을 다해 일에 매달렸고, 일에 몰두했다.

안나 카레니나 I
생각하는 힘: 진형준 교수의 세계문학컬렉션 53

펴낸날	**초판 1쇄 2020년 12월 24일**

지은이	**레프 톨스토이**
옮긴이	**진형준**
펴낸이	**심만수**
펴낸곳	**(주)살림출판사**
출판등록	**1989년 11월 1일 제9-210호**

주소	**경기도 파주시 광인사길 30**
전화	**031-955-1350**　팩스　**031-624-1356**
홈페이지	http://www.sallimbooks.com
이메일	book@sallimbooks.com

ISBN	978-89-522-4254-9　04800
	978-89-522-3984-6　04800 (세트)

책임편집 **최정원**